Anna Stothard

Isabel & Rocco

Roman

Aus dem Englischen von
Jenny Merling

Diogenes

Titel der 2003 bei
Arrow Books Ltd, London,
erschienenen Originalausgabe: ›Isabel and Rocco‹

Umschlagfoto: Philipp Keel, ›Below the surface‹, 2007
C-Print on Fujicolor Crystal Archive Paper
Image 60 x 45 cm / 23 5/8 x 17 3/4 inches

www.diogenes.ch
60/14/8/1
ISBN 978 3 257 30027 7

1

Das erste Kapitel

Rocco versteht nicht, wieso für mich schöne Dinge nach dem ersten Mal ihren Reiz verlieren. Klar, sie können unter Umständen intensiver werden, aber nicht mehr besser. Bis zur Pubertät ist das eindrücklichste Gefühl körperlicher Schmerz. Wenn man dann das erste Mal unter den warmen Fingern eines Jungen gekommen ist, fühlt man sich auf einmal den Sternen nah. Das nächste Mal ist vielleicht besser, stärker, egal was, aber es hebt nicht mehr wie beim allerersten Mal die Welt aus den Angeln. Als Baby sind erste Male grundlegender Natur: der erste Schmerz, das erste Mal kacken, der erste Schritt, das erste Wort, das erste Mal krank sein. An die meisten davon erinnert man sich später nicht mal. Und dann geht das Ganze mit sechzehn noch mal von vorn los. Der erste Kuss, das erste Mal Sex und tausend andere wundervolle Momente der Vorfreude, diese Momente kurz vor einem neuen Gefühl, wie in Bernstein eingeschlossen.

Erste Male sind die Sammlerstücke unter den schönen Momenten im Leben. Für Rocco zählt bei Schönem nur die Menge, aber ich will jedes einzelne erste Mal in diesem Buch festhalten. Wenn ich sie irgendwann alle aufgebraucht habe wie eine Packung dieser Happy Pills, die man nur in Thailand kriegt, kann ich auf die schönen, die schlimmen und die krassen Momente zurückblicken und weiß wieder, wie es war, sechzehn zu sein.

Ich heiße Isabel. Vor sechs Monaten haben mein Bruder und ich die Stadt verlassen, in der viele unserer ersten Male stattfanden. Wir sind aus dem schicken London hierhergezogen, in ein billiges Hostel im Quartier Latin, in dem man die Zimmer gleich für mehrere Monate mieten kann. Ein halbes Jahr später wohnen wir immer noch in unserem winzigen, verrauchten Zimmer, und hier sitze ich jetzt und katalogisiere meine ersten Male. Rocco findet es nicht gut, dass ich meine Erinnerungen festhalte. Für ihn zählt nur die Gegenwart, und was in London passiert ist, will er hinter sich lassen. Dass ich das alles aufschreibe, macht die ganze Sache seiner Meinung nach nur komplizierter.

Auch ich würde manches gern vergessen, aber es geht mir nie wirklich aus dem Kopf. Doch wenn ich London erst auf diesen Seiten archiviert habe, kann ich die Stadt bestimmt endlich abhaken. Für mich ist dieses Tagebuch so etwas wie eine Sammlung, so wie andere Leute Käfern eine Nadel durch den Panzer bohren und sie auf einem Brett festpinnen. So ein Sammler würde doch auch nicht die Leidenschaft für sein Hobby verlieren, bevor nicht alle Käfer fein säuberlich hinter Glas aufgereiht sind. Erst dann würde er sie vielleicht in den Schrank legen und zugeben, dass dieses Hobby nur eine Phase war. Als ich das zu Rocco gesagt habe, hat er mich nur sehr ernst angesehen und gefragt, und was, wenn dieser Sammler jeden Käfer katalogisieren müsste, den er kennt? Wenn er wirklich jede einzelne Spezies, die ihm unterkommt, erfassen müsste, bis die Käfer irgendwann völlig sein Leben bestimmen? Ich habe nur gelacht.

Vom Fenster aus kann ich die Stadt nicht sehen, nur die Backsteinwand des Wohnhauses gegenüber und eine kleine Seitenstraße voller Müllsäcke, gegen die gerade ein Mann pinkelt. Auf dem Tisch stehen vier Spielzeugsoldaten, auf dem Schrank das Modell eines Auges, und auf dem Bett liegen zwei rote Masken. Alles Überbleibsel aus London. In der Scheibe das verschwommene Spiegelbild von Rocco, der sich gerade zum Schlafen umzieht. Die halbmondförmige Narbe auf seiner rechten Schulter. Ich habe mir die Haare auf Schulterlänge abgeschnitten und dunkelbraun gefärbt. Dadurch sehe ich noch blasser aus als ohnehin schon. Ich trage keine Kontaktlinsen mehr, sondern stattdessen eine schmale Brille mit Metallgestell. Rocco sieht ohne seine dunklen Locken auch anders aus. Seine Gesichtszüge wirken härter, seine Augenbrauen und die Wangenknochen treten ohne die sanfte Umrahmung der Haare deutlicher hervor. Seine Augen sind riesige grüne Untertassen. Wir versuchen beide, ganz anders auszusehen als früher. Aber Rocco ist es viel wichtiger als mir. Er ist geradezu besessen von dem Gedanken, nicht wiedererkennbar zu sein.

Ich muss an den Sonntag im November denken, als Mum und Dad sich so gestritten haben. Es war nicht das erste Mal. Rocco und ich versuchten, Mums wütende Stimme zu ignorieren, die unablässig wie eine gutgeölte Maschine über Dads rostige Raucherstimme hinweg zu hören war. Für Mum und Dad gab es keinen Mittelweg: Entweder hatten sie Sex oder Streit. Dad war ein kleiner, unscheinbarer Mann, der Tweedanzüge, Kaschmirpullover und Manschettenknöpfe mit den Initialen anderer Leute trug. Er sah irgendwie farblos aus, als wäre er zu oft gewaschen worden. Er war schrecklich dürr, sprach gehetzt und stotterte manchmal. Sein Gesicht hatte etwas Koboldhaftes, doch die Augen waren ernst. Mums Züge waren dagegen viel weicher, mit großen Augen und einem breiten Mund, der ihr Gesicht durchschnitt. Wenn sie ausging, trug sie immer knallroten Lippenstift. Rocco und ich fanden, dass sie ziemlich heiß aussah. Die beiden besaßen einen Antiquitätenladen für Kriegsmemorabilia, eine winzige rote Backsteinhöhle in Camden Lock. Gleich um die Ecke war der Fluss, dessen schmutzige Feuchtigkeit alles in der Nähe durchweichte. Sie verkauften allen möglichen Plunder, von alten Waffen, die nicht mehr funktionierten, bis hin zu Zinntellern. Im Laden roch es nach Waffenöl, Staub, Holz, abgestandenem Londoner Wasser und feuchten Backsteinen. Er befand sich in einem schmalen Haus, und wenn man drinstand, erwartete man automatisch eine Totenstille, weil alles so leblos aussah und einen der Anblick der vielen Antiquitäten inmitten der gelben Wände fast erschlug. Leider waren von oben immer Schritte zu hören, die die Stille kaputtmachten.

Als Mum und Dad unten anfingen zu streiten, machte ich gerade einen Handstand. Meine langen braunen Haare fielen auf meine Hände herab, und mir lief das Blut in den Kopf. Rocco lag quer auf seinem Bett, rauchte und beobachtete mich lächelnd über die brennende Glut seiner Zigarette hinweg. Das tat er oft, er benutzte Bleistifte, Zigaretten oder ein Stück Papier, um seine Augen damit auf einen Punkt zu fokussieren. Rauch stieg auf und nahm ihm die Sicht. Er hielt die Zigarette waagerecht vor sich, und sein Blick wanderte darüber hinweg durch den Raum. Ich beendete meinen Handstand. Es war etwa sieben Uhr abends, die Nacht begann gerade, sich sanft wie ein Teewärmer über Camden Town zu legen. Unsere Dachkammer roch nach Haschisch und Parfüm, das Fenster war offen, deshalb war es nicht so stickig wie sonst. Rocco war achtzehn, ich sechzehn, und wir teilten uns immer noch ein Zimmer wie früher. Rocco grinste mich an, seine rechte Hand spielte mit dem Stoff der Bettdecke, die linke führte die Zigarette hin und her. Es ist sehr schwer, nicht zurückzulächeln, wenn Rocco einen so angrinst, selbstsicher und fest und mit diesem Hauch von Sarkasmus. Ich wollte irgendetwas sagen, das nichts mit Mum und Dad zu tun hatte, aber mittlerweile fluchten sie richtig, die Worte laut und abgehackt wie zerplatzende Luftballons.

Mum machte Dad gerade wie immer nach allen Regeln der Kunst fertig, auf einmal wechselte der Streit jedoch seinen Rhythmus, das Tempo veränderte sich, was uns zusammenzucken ließ, wie wenn jemand schief auf einer Geige herumkratzt. Ich stand auf und öffnete die Zimmertür, damit wir die beiden besser verstehen konnten. Inzwischen wurde geschrien, ihre Sätze überdeckten einander. Rocco und ich schlichen uns zur Treppe und verharrten dort zusammengekauert wie früher, als wir noch klein waren, klammerten uns an das Geländer und spähten hinunter in den Flur. Es roch durchdringend nach Mums blumigem Parfüm, als würde sie es ausschwitzen, und der Duft vermischte sich unangenehm mit dem Rauch von Dads Zigarette.

Mum und Dad liebten Gelb, deshalb war der kleine Flur in einem klebrig gelben Ton gestrichen. Oben zierte die Wände ein beigefarbener Fries. Gegenüber der Treppe war die Haustür, links und rechts gingen Küche und Wohnzimmer ab. Mum trug einen seidenen Morgenmantel, der immer wieder aufglitt, mit einem Gürtel, der nicht dazu passte. Unter den Armen hatte sie Schweißflecke. Der Stoff war elektrisch geladen und schmiegte sich an ihre Beine, ihr Haar war wirr, und ein paar Strähnen klebten ihr an den schweißnassen Schläfen. Sie kaute unsicher auf ihrer Oberlippe herum, wodurch ihr Gesicht aus dem Gleichgewicht geriet. Dads weißes Hemd war ebenfalls von Schweiß verfärbt, ein schwarzer Gürtel hielt seine Anzughose fest. Die beiden standen voreinander, ihre Münder fraßen Worte und spuckten Flüche, ihre Gesichter verschwammen und zerbrachen, die Hände drückten Verzweiflung aus, die Körper waren angespannt. Bei ihrem Streit ging es um etwas, das Dad gekauft hatte, aber nicht wieder verkauft bekam. Sie tauschten die Plätze, bewegten sich umeinander herum wie zwei Magnetpole, die sich gegenseitig abstoßen, und dann sagte Mum etwas ein wenig lauter als der Rest dieses schiefen Liedes, und Dad schlug ihr ins Gesicht, dass sie zu Boden fiel. Sie schrie auf, und Rocco und ich rannten die Treppe hinunter. Mums Lippen zitterten, Schweißtropfen standen in der Vertiefung zwischen Nase und Mund. Ich hatte noch nie zuvor erlebt, dass Dad sie geschlagen hatte. Das feuchte Klatschen war mir durch und durch gegangen.

»Keinen Schritt weiter«, sagte Dad. Ich hatte gerade das Ende der Treppe erreicht, aber Dad sah so ernst aus, dass ich mitten in der Bewegung erstarrte. Mein ganzes Gewicht lastete schmerzhaft auf dem vorderen Fuß. Ich wollte doch Mum helfen. Dad war eigentlich nie streng zu uns, deshalb sah dieser Gesichtsausdruck ganz ungewohnt an ihm aus. Die beiden Falten auf seiner Stirn hatten sich tief eingegraben, tief wie Messerschnitte. Ich blieb auf der untersten Stufe stehen. Rocco legte mir die Hand auf die Schulter. Ich fühlte seine schwitzige Handfläche auf meiner trockenen Haut. Trotz des rotleuchtenden Handabdrucks auf ihrer Wange weinte Mum nicht. »Geht wieder rauf«, sagte Dad. »Ihr habt hier nicht rumzuspionieren.«

»Du hast sie geschlagen«, sagte ich.

»Lauschen gehört sich nicht«, gab Dad zurück. Rocco drehte mich herum und zog mich die Treppe hoch. Dad beugte sich über Mum und entschuldigte sich bei ihr, sanft, als würde er mit einem Kind reden.

2

Zinnsoldaten

Den ganzen nächsten Tag liefen wir im Regen durch Camden. Ich trug einen Kaschmirpullover voller Brandlöcher von Dad, der mir viel zu weit war. Im Sommer bricht die Stadt zusammen, und die alten Backsteinmauern schwitzen ihr Gift aus, aber im Regen geht es London blendend. Der Engländer an sich steht für warme Sachen, nicht für sonnengebräunte Bäuche oder Schweißflecken. Es wirkte anheimelnd, wie die Leute eingewickelt in Pullover und Schals durch die nassen Straßen trabten. Ich hatte meinen langen schwarzen Dufflecoat über den Kaschmirpullover gezogen und sogar die Kapuze aufgesetzt. Rocco hingegen lief nur in seiner schwarzen Hose und im T-Shirt neben mir her, er besaß nämlich die magische Fähigkeit, nicht zu frieren. Früher durfte er deshalb regelmäßig zu Hause bleiben, statt in die Schule zu gehen, weil er immer leicht fiebrig wirkte.

Der Schmutz ist ein fester Bestandteil der Camdener Luft, so wie die Luft am Meer eben Salz enthält. Es ist keine sonderlich starke Verschmutzung, nur so ein leichter Beigeschmack, ein Schlamm, der London vorantreibt und die Menschen aneinander vorbeigleiten lässt.

»Ist dir kalt?«, fragte Rocco. Der Regen war stärker geworden, knallte tausendfach auf die schmutzigen Londoner Gehwegplatten. Ich nickte und ließ die Kälte links und rechts an meinem Kopf vorbei entlang meiner Wirbelsäule hinunterzittern. Rocco und ich sahen uns nicht sehr ähnlich, aber wir hatten die gleichen grünen Augen.

»Bist du schon durchgeweicht?«, fragte ich zurück, und er nickte so heftig, als würde er gerade zum Klang des Regens headbangen, die Tropfen sprühten nur so aus seinem dichten Haar. Wir liefen zwischen den ölig glänzenden Menschen hindurch zu Dads Laden, standen schließlich vor dem beschlagenen Schaufenster und überlegten, wie wir hineinkommen sollten. Auf dem Camden Market, dessen Stände den Kanal säumten, wurden in Windeseile große Plastikschirme aufgestellt und Sachen zusammengepackt. Der Klang von Metall gegen Metall und Stein war ohrenbetäubend. Wie ein Zoo voller Metalltiere, dessen Vögel rostige Schnäbel hatten. London war ein Waschbecken mit verstopftem Abfluss, auf der Straße trieben eklige Sachen dahin, der Fluss gurgelte immer schneller, durchnässte Menschen hetzten aneinander vorbei. Durch die Scheibe konnte man undeutlich das Innere des Ladens erkennen, ein vollgestopftes Stillleben. Rocco zog mir vorsichtig eine Haarnadel aus den Haaren und stocherte eine Weile damit im Schlüsselloch herum, bis ein befriedigendes Klicken zu hören war. Die Tür ging auf, und weiche Dunkelheit umfasste uns. Schlösser knacken konnte Rocco gut.

Drinnen sah es aus wie immer, nur ein bisschen unordentlicher, als ob Dad schon eine Weile nicht mehr hier gewesen wäre. Zu Beginn hatte es im Laden nur ein paar antike Waffen, Helme und dazwischen eine Handvoll Bücher über den Krieg gegeben. Mittlerweile stapelten sich dort Hunderte von Gewehren, Lazarettskalpelle, verschlungene Seile, Metallkisten, in denen Soldaten ihre Kleidung aufbewahrt hatten, und Orden in Schmuckkästchen. Von den Deckenbalken hingen Uniformen. Und im hinteren Teil des Ladens – völlig unpassend – Schirmständer. Dad verkaufte wohl nicht sehr viel, deshalb wuchs seine Sammlung von Jahr zu Jahr. Auf dem Verkaufstresen lag eine Pistole. Ich strich über das kalte Metall und bekam staubige Finger. Früher hatte Dad hier alles viel sauberer gehalten. Wenn er herkam, feilte er immer die Läufe der Waffen nach, so dass überall Metallspäne herumlagen. Heute roch es jedoch nicht nach Metall und Waffenöl, sondern nach Staub und Feuchtigkeit: dicht, klebrig, schwer. Alles war so vollgestellt, dass man sich kaum bewegen konnte. Wir tappten auf Zehenspitzen durch das Chaos.

In einer Ecke lag eine Mülltüte voller antiker Zinnsoldaten. Es waren hübsche kleine Figuren. Ich musste sie einfach anfassen und nahm eine Handvoll heraus, ließ sie durch die Finger gleiten. Die scharfkantigen Figuren fühlten sich trotz der Wärme im Laden kalt an. Auch sie waren staubig. Rocco hockte sich neben die Tüte, mitten in einen Streifen helles Sonnenlicht, das von draußen hereinfiel. Der Regen hörte langsam auf, der Abfluss war anscheinend wieder frei, jetzt, wo wir nicht mehr im Waschbecken saßen.

Dad liebte Zinnsoldaten und alte Gewehre mehr als

alles andere auf der Welt. Wenn er im Laden saubermachte oder die Regale aufräumte, war sein Gesichtsausdruck anders als sonst, er sah dann aus wie ein kleiner Junge und lächelte versunken, als könnte er sein Glück gar nicht fassen. Früher hatte er mal größere Zinnsoldaten gehabt, mit viel mehr Details als die kleinen hier. Es gab nur noch zehn davon, sie waren in Tarnfarben bemalt und trugen Hüte aus echtem Filz. Wir durften im Laden spielen, womit wir wollten, und verbrachten Stunden mit diesen Figuren. Manchmal spielte Dad sogar mit und erzählte uns dies und das über Munition und Angriffsstrategien, wer eine bestimmte Waffe abgefeuert hatte, wem ein Helm gehört hatte. Es war von einiger Ironie, dass gerade Dads Faszination für Kriegszubehör das war, was ihn so unschuldig wirken ließ.

Manche der Soldaten trugen Speere. Die winzigen polierten Metallspitzen bohrten sich durch die drei Lagen des dünnen, schwarzen Plastiks und sahen ziemlich gefährlich aus. Rocco spielte gedankenverloren mit den Figuren.

»Meinst du, Dad kriegt mit, wenn wir uns ein paar davon mitnehmen?«, fragte ich. In der Tüte waren bestimmt fünfhundert Soldaten, und anscheinend kam Dad sowieso nicht mehr in den Laden. Rocco und ich gingen in Dads Büro. Dort war es sauber und aufgeräumt. Auf dem Schreibtisch lag ein Stapel Papiere, daneben ein Kuli. Seine Werkzeuge hingen ordentlich an Haken an der Wand. Ich nahm mir eine Plastiktüte aus einem Aktenschrank, und wir füllten etwa zweihundert der kleinen Soldaten hinein. Sie klapperten durcheinander.

»Und was machen wir jetzt damit?« Ich musste lachen. Rocco zuckte mit den Schultern. Er hielt einen Soldaten hoch und drehte ihn kurz im Licht hin und her, nahm sich dann vier Stück aus der Tüte und steckte sie in die Tasche. Draußen vor dem Fenster beschien die Sonne die glattpolierte Straße und den Fluss.

Neben Dads Büro befand sich der Hintereingang zum Laden. Der große Türknauf war angelaufen, und vom Holz blätterte die Farbe ab wie Schorf. Während wir noch mit den Zinnsoldaten beschäftigt waren, hörten wir plötzlich einen Schlüssel im Schloss. Ein großer Mann in Jeans und einem schmutzig weißen Hemd trat ein und schloss die Tür sorgfältig wieder hinter sich. Dann erst drehte er sich um und bemerkte uns. Er hatte eine Hakennase und kleine Augen, die sich hinter einer großen Brille versteckten. Er blinzelte überrascht. Seine Schuhe hatten saubere Narben auf dem schmutzigen Fußboden hinterlassen. Er stand ganz still, als wäre er nicht sicher, ob wir echt waren.

»Hallo«, sagten Rocco und ich gleichzeitig und klärten damit zumindest diese Frage. »Wir sind die Kinder von Jack und Kate«, fügte ich hinzu. Der Mann putzte mit dem Ärmel die Regentropfen von seiner Brille und setzte sie sich wieder auf die große Nase. Unser Haus hatten Mum und Dad zwar gekauft, aber den Laden mieteten sie von diesem Mann.

»Ich bin der Vermieter«, sagte er langsam und machte einen schweren Schritt nach vorn. Ob er sich wohl immer in dieser seltsamen Zeitlupe bewegte? Ich hatte ihn schon ein paarmal gesehen, aber noch nie mit ihm geredet. Er war Unternehmer, der sein Geld mit Immobilien verdiente, und wohnte in der Wohnung über dem Laden. Dad hatte sich oft beschwert, dass man ihm nicht trauen konnte, deshalb war ich neugierig auf ihn.

»Habt ihr einen Schlüssel für den Laden?«

»Nein«, antwortete Rocco.

Der Vermieter hob die schweren Brauen und presste die spröden Lippen zu einem Strich zusammen.

»Wir haben das Schloss geknackt. Entschuldigung. Aber wir haben nichts kaputtgemacht!«

»Könntet ihr das in Zukunft bitte lassen? Das nennt man Einbruch.«

»Dad hat gesagt, wir dürfen die Soldaten hier haben«, log Rocco. »Können wir die mitnehmen?«

Der Mann zuckte wieder mit den Schultern und spähte in das ordentliche Büro, wo Dad die meiste Zeit verbracht hatte. »Die sind überhaupt nichts wert«, sagte er müde und sah uns wieder an. »Geht ihr dann jetzt bitte? Ich habe zu tun.«

»Hier drin?«, fragte ich.

»Ja, hier drin. Und richtet eurem Vater aus, er soll mich anrufen.«

»Klar, sagen wir ihm«, erwiderte Rocco. Wir gingen zur Tür. »War nett, Sie kennenzulernen.«

Der Mann betrat das Büro, schloss gemächlich die Tür hinter sich, und Rocco und ich verschwanden unbehelligt aus dem stickigen Laden nach draußen, wo es inzwischen wieder zu nieseln begonnen hatte.

Pitschnass kamen wir mit den Soldaten zu Hause an. Mum und Dad saßen in der Küche. Auf dem Tisch standen Schinken, Salat und Pitabrot. Mum langte hungrig zu, Dad schob das Essen auf seinem Teller nur hin und her. Sie unterhielten sich und lachten, Dad runzelte beim Reden die Stirn, und Mum zog ihn gerade mit irgendetwas auf. Dad hatte die letzten zwei Wochen Grippe gehabt und sah nicht gut aus. Er hatte dunkle Ringe unter den Augen, und seine Haut hatte die Farbe von Papier, das nass geworden und dann auf der Heizung getrocknet war. Er wirkte ständig müde.

Dads fester, kleiner, trockener Mund presste sich in einer Art Lächeln tiefer in sein Gesicht. Mum drehte sich zu uns herum. Sie hatten das Licht gedimmt, aber selbst in diesem Halbdunkel sah ich einen Nerv an Dads rechtem Augenlid zucken. Mum legte ihre Hand auf seine, hielt seinen Daumen mit den Fingern umschlossen.

»Hattet ihr einen schönen Tag?«, fragte sie, schon wieder mit dem Rücken zu uns.

»Ja, wir waren im Laden«, antwortete ich.

Dads Lächeln erschlaffte zwischen seinen dünnen Wangen.

»Wie seid ihr denn da reingekommen?« Er legte den Kopf schief und sah uns ernst an. Rocco fuhr mit dem Finger über den Rand der Holzverkleidung.

»Mit einer Haarnadel von Isabel.« Rocco lächelte. Er sah so unschuldig und ein bisschen nervös aus, aber Mum und Dad lächelten nicht zurück, und das machte mich ganz traurig. Sie schauten nur noch ernster. »Wir haben Zinnsoldaten gefunden, können wir die behalten?«

»Klar, die sind ja kaum was wert«, erwiderte Mum. »Euer Dad hat letzten Monat ein bisschen Geld dafür zum Fenster rausgeworfen. Ich glaube nicht, dass wir welche verkauft bekommen. Wollt ihr was essen?«

Rocco stellte die Tüte mit den Soldaten klirrend auf den Boden. Ich machte Teewasser. Wir setzten uns rechts und links von Mum an den Tisch. Sie lächelte erst uns an, dann Dad. Ich sah, wie sie seine gelbe Hand sanft mit ihren hübschen Fingern streichelte. Mum hatte helle Haare, auffallend rote Lippen, und wenn sie lächelte, war man oft überrascht. Sie war fröhlich, manchmal übermütig. Für eine Frau, der Ordnung so wichtig war, hatte sie einen ziemlich ausgefallenen Kleidungsstil, sie trug die wildesten Kombinationen.

Nach einem Moment verkrampfter Stille sagte ich: »Wir haben den Vermieter getroffen.« Rocco gab sich wie immer nicht die geringste Mühe, die Unterhaltung mit Mum und Dad aufrechtzuerhalten. Mum betrachtete Dads Hand. Sie schien in Gedanken sehr weit weg. Rocco kam mit den beiden schon eine Weile nicht mehr gut aus. Er war ein sehr stilles, hübsches Kind gewesen, das die Welt um sich herum mit seinen grünen Augen nachdenklich und ohne jegliche Gefühlsäußerungen betrachtete. Je älter er wurde, desto unwohler fühlte sich Mum in seiner Gegenwart. Er hat so eine Aura, es wirkt immer, als sei die Luft um ihn herum dichter als um andere Menschen. Manchmal sah er so hochkonzentriert aus, dass man sich fragen musste, worüber dieser kleine Junge denn nur nachdachte. Außerdem war Rocco stark, stärker als Mum und Dad. Die Vorstellung, sie würden über ihn bestimmen und nicht umgekehrt, war lächerlich.

In ihrer Anwesenheit war Rocco viel stiller, als wenn wir beide allein waren. Früher sind wir immer gemeinsam durch das Haus geschlichen, waren Spione und haben Krieg gespielt. Wir belauschten Mum und Dad, wenn sie sich stritten, und katalogisierten auf kleinen Zetteln, die wir unter Roccos Bett versteckten, wann sie Sex gehabt hatten. Wir sahen ihnen dabei zu, wie sie sich küssten, wie sie miteinander lachten, wie sie sich anschrien. Wir sammelten die toten Käfer ein, die hinter den Gardinen lagen, bewahrten sie eine Weile in Pappkartons auf und zerdrückten sie irgendwann zwischen den leeren Seiten eines Schulhefts. Wir gaben ihnen Feennamen, weil sie mit ihren ausgebreiteten Flügeln und den zerplatzten Körpern ein bisschen so aussahen. Rocco ließ diese Käfersammlungen offen herumliegen und redete mit Mum über ganz normale Jungssachen – Waffen und Insekten, Blut und Metall –, aber auf eine so seltsame Art, dass Mum diese Monologe nervös machten. Ihre sonst so weichen Gesichtszüge waren dann angespannt, und es wirkte, als wüsste sie einfach nicht, wie sie mit ihrem Sohn umgehen sollte.

»Wie habt ihr ihn denn getroffen?« Mum ließ Dads Hand los und tauschte einen besorgten Blick mit ihm aus, den Rocco und ich nicht sehen sollten.

»Er kam durch die Hintertür in den Laden, als wir da waren«, sagte ich. Ich sah Dad an. »Du sollst ihn anrufen.«

»Ihr habt da eigentlich gar nichts zu suchen.« Mum massierte sich mit der linken Hand die Schulter.

»Tut uns leid«, gab ich zurück. »Wir dachten, das wäre okay.«

Mum fing an, Dinge auf dem Tisch hin und her zu schieben, faltete Zeitungsseiten zusammen und legte sie auf einen Stapel. Sie richtete den Salzstreuer und das Olivenöl so aus, dass beides genau in einer Linie mit dem Pfefferstreuer stand, und überprüfte die Deckel einen nach dem anderen, ob sie auch fest saßen. Ihre Hände bewegten sich schnell, ihre Fingernägel klickten. Dad saß nur still da.

»Wir haben ja nicht in Schubladen rumgeschnüffelt oder so.«

»Das hoffe ich«, antwortete Mum streng. Sie legte ihr Besteck auf den Teller, entschied sich dann aber anders und stocherte mit der Gabel in Dads unberührtem Essen. »Du bist doch nicht mehr zehn, Rocco«, sagte sie und sah demonstrativ nur ihn an, nicht mich. »Du kannst nicht einfach tun und lassen, wozu du gerade Lust hast.«

»Aber du schon, ja?«, sagte Rocco zu unserem Vater.

»Wie bitte?« Dad schreckte aus seinen Gedanken hoch.

»Du hast Mum geschlagen«, erinnerte ihn Rocco. Daraufhin bekam Dad einen seiner Hustenanfälle, die immer so klangen, als würde jemand in seiner Lunge ein Stück Leder zerreißen. Er hielt sich die Brust und rang nach Luft, seine Finger krallten sich in den V-Ausschnitt seines Pullovers. Manche Leute haben ein Windspiel vor dem Fenster hängen, das ständig vor sich hin klimpert, wir hatten unseren Vater. Wenn ihn irgendetwas aufregte, hatte er immer für einen Moment diesen angestrengten Gesichtsausdruck, und dann brach der Husten aus ihm heraus. Diese schleimigen, abgehackten Geräusche gehörten zur alltäglichen Kulisse unseres Zuhauses, und Rocco und ich nutzten sie als Verschnaufpause in den Gesprächen mit unseren Eltern. Wir machten uns nie Sorgen deswegen, die Hustenanfälle gehörten einfach zu unserem Leben dazu.

»Ab auf euer Zimmer!«, sagte Dad ein paar Minuten später mit zittriger Stimme. Er bekam immer noch schwer Luft. »Das geht euch nichts an, das geht euch alles überhaupt nichts an. Ihr könnt nicht immer andere Leute belauschen und euch rumtreiben, wo ihr nichts zu suchen habt, merkt euch das endlich.« Seine Pupillen zuckten wie flatternde Insekten. »Ihr seid doch keine kleinen Kinder mehr.«

Rocco bog den Kopf zurück und sah von einem zum anderen. »Dürfen wir die Soldaten trotzdem behalten?« Er grinste herausfordernd.

»Jetzt geht schon auf euer Zimmer.« Dads Stimme klang gepresst.

Rocco schob seinen Stuhl zurück und verließ die Küche, ohne die Tür hinter sich zu schließen. Die Soldaten nahm er mit.

»Sorry.« Ich zögerte einen Moment, dann folgte ich meinem Bruder.

»Mensch, Isabel!«, fauchte Mum. »Musst du ihm immer alles nachmachen?«

Ich merkte, wie ich rot wurde, und starrte angestrengt auf meine Füße, während ich die Treppe nach oben stieg. Gemeinsam standen wir auf dem Treppenabsatz und lauschten Mums und Dads fast unverständlicher Unterhaltung.

»Ich muss hier raus, ich gehe spazieren«, sagte Dad schließlich und schob geräuschvoll seinen Stuhl zurück.

»Du bist doch viel zu müde«, widersprach ihm Mum, als würde sie mit einem Kind reden.

Dad ging hinaus in den Flur. Lange blieb es still.

Dann sagte er mit einer heiseren, beängstigenden Stimme sehr langsam: »Falls ihr Scheißkinder da oben auf dem Treppenabsatz steht und uns belauscht, könnt ihr jetzt damit aufhören. Eure Mutter und ich gehen noch mal weg.«

Rocco und ich sahen einander überrascht an und mussten grinsen. Wir schlichen uns gehorsam hinauf in unsere sichere Dachkammer und überließen unsere Eltern ihren verwirrenden Angelegenheiten.

3
Verwirrung

Drei Tage bevor Dad uns verließ, kam ich ins Wohnzimmer. Er saß vornübergebeugt auf der Couch und rauchte eine Zigarette. Seine Bewegungen waren langsam und schwimmend, sogar der Rauch schien nur zögerlich aufzusteigen. Im Aschenbecher lag ein Joint, also nehme ich an, er war high. Ich konnte unser Wohnzimmer noch nie leiden, es war vollgestopft mit lauter Dingen, die meine Eltern im Laden nicht losgeworden waren. Zum Beispiel ein Set aus gruseligen ausgeblasenen Eiern, lila bemalt und mit Blattgold verziert wie Märcheneier. An den gelben Wänden hingen glasierte Teller und ein Bild der Jungfrau Maria, und auf dem Kaminsims standen kitschige Tintenfässer herum, in denen sich hundertfach das Licht brach. Auf dem antiken Couchtisch vor dem Sofa lagen Kochbücher, Bücher über Besteck und über Waffen. In der Mitte befanden sich auf einem Tablett zwei Flinten, deren Läufe mit Zement ausgegossen waren, und eine Grünpflanze mit wachsartigen Blättern in einem bunten Blumentopf. Ich glaube nicht, dass er mich in der Tür bemerkt hatte, denn er sah nicht hoch. Die Schatten unter seinen Augen waren wie riesige Blutergüsse, und seine Haut schien vom Lächeln, Blinzeln und Stirnrunzeln Sprünge bekommen zu haben.

Wie ein Teenager kiffte er lethargisch vor sich hin, und er hatte sogar an beiden Wangen eine leichte Akne bekommen.

»Dad«, versuchte ich auf mich aufmerksam zu machen, aber er sagte immer noch nichts und rauchte einfach weiter. Als ich zum ersten Mal eine Zigarette probierte, war ich überrascht, dass sie nicht süß schmeckte, und konnte nicht verstehen, wie man nach diesem aschigen Papiergeschmack süchtig werden konnte. Dad drückte die Zigarette im Aschenbecher aus, sah aber auch dann nicht auf. Erst als ich mich direkt vor ihn stellte, hob er langsam den Kopf, als würde ihn eine fremde Hand hochziehen, und auf seinem Gesicht spiegelte sich Erkennen. Ein saurer Schweißgeruch lag in der Luft. Das erste Mal, dass ich Mum und Dad streiten hörte, war an einem warmen Frühlingstag. Sie hatten zusammen ein Kräuterbeet anlegen wollen, konnten sich aber auf nichts einigen, und am Ende stürmte Mum wütend durch das Haus und hinterließ dabei überall schlammige Abdrücke auf dem Teppich. Seitdem habe ich immer den Geruch nach feuchter Erde in der Nase, wenn es zwischen ihnen nicht stimmt. Ich wusste nicht genau, was ich eigentlich von Dad wollte, er sah einfach so müde und erschöpft aus.

»Willst du einen Kaffee?«, fragte ich schließlich. Er schüttelte den Kopf. Nun gab es keinen Grund mehr für mich, noch länger im Wohnzimmer zu bleiben und meinen alternden Vater anzustarren, also ging ich in die Küche. Dort roch es wie in Brighton immer. Mum wickelte gerade *fish and chips* aus fettigem Papier und hatte ebenfalls keine Lust, sich mit mir zu unterhalten.

Sie trug eine schwarze Hose und ein schwarzes Poloshirt, ihre Haare waren offen und umspielten ihr ernstes Gesicht. Mit einem Auge sah sie eine Talkshow im Fernsehen und verbrannte sich immer wieder die Finger. Der Ton war abgestellt, man konnte nur ein paar Mädchen in engen Sachen sehen, die einander gegenüberstanden und mit den Fingern schnipsten. Ihre roten Lippen bildeten riesige, flüssige Ovale. Alles an ihnen war die ganze Zeit in Bewegung, ihre großen Brüste wippten im Takt ihres Streits.

»Was ist das denn für eine Sendung?«

»Ach, ich sehe eigentlich gar nicht richtig hin.« Mum zuckte mit den Schultern. »Ich hab dir und Rocco Pommes mitgebracht.« Sie schob mir ein fettiges Päckchen entgegen.

»Danke.« Ich lächelte. Sie verzog nur das Gesicht.

»Ich bring das hier mal deinem Vater.« Damit ließ sie mich in der Küche stehen. Ich aß die fettigen Pommes und sah weiter ohne Ton fern. Ich verstand jedes Wort ihrer Unterhaltung, die Sätze schienen ihre Münder nur zögerlich verlassen zu wollen, negative, leere Sätze, die trotzdem so aggressiv waren wie ätzendes Gas. Sie wurden nicht handgreiflich, aber es waren harte Worte, die ich nicht hören wollte, deshalb ging ich nach oben, um meine Pommes mit Rocco zu teilen.

Früher waren sie anders gewesen. Früher hatte man richtig Spaß mit Mum haben können, wenn ihr danach war. Dann gab sie uns im Restaurant von ihrem Wodka Tonic ab, und genau wie ich musste sie oft in den unpassendsten Momenten loslachen. Meine lebhafteste Erinnerung an sie ist aus unserem letzten gemeinsamen Urlaub. Ich war elf und Rocco dreizehn. Wir waren auf Malta, anstelle eines Strands gab es nur eine surreale graue Fläche, die aussah, als hätte dort jemand Beton hingekippt. Wir übernachteten in einem kleinen Hotel ohne Klimaanlage, veranstalteten Picknicks auf den Felsen und machten erfolglose Einkaufstouren ins Dorf.

Das Frühstück im Hotel wurde in einer Art Kantine serviert, die nur mit einem altersschwachen Fahrstuhl zu erreichen war. Das Essen war fettig und oft angebrannt. Eines Morgens überredete Mum Dad, zur Abwechslung in einem Café zu frühstücken. Statt Cornflakes ließ sie uns eine riesige Portion blaues Eis mit Erdbeeren und Sahne bringen. Wenn ich versuche, mir ihr Gesicht vorzustellen, dann denke ich an diesen Morgen im Café. Sie sah so glücklich aus, wurde nicht mal böse, als Rocco mich mit einer Erdbeere bewerfen wollte und dabei Sahne auf mein neues Kleid kleckerte. Dad war uns gegenüber immer schon distanzierter gewesen. Nie wirklich streng, aber von den beiden war es meist er, der uns zur Vernunft rief. Er drückte zwar auch mal ein Auge zu, wenn Rocco unanständige Witze erzählte oder ich ein Glas umstieß, aber generell legte er Wert auf Manieren. Körperkontakt mochte er nicht. Er kam uns sehr intelligent vor, und doch schaltete ich während seiner Vorträge manchmal auf Durchzug, ließ seine Weisheiten einfach durch mich hindurchfließen. Meine Unaufmerksamkeit ärgerte Dad. Er wollte, dass Rocco und ich bessere Chancen im Leben hatten als er, dass wir bessere

Menschen würden. Vielleicht haben wir ihn enttäuscht; ab einem gewissen Punkt verlor er jedenfalls das Interesse. Mum kämmte mir morgens nicht mehr die Haare, Dad hielt mir keine Vorträge mehr, sie waren oft genervt und schienen ihren Optimismus verloren zu haben. Sie wirkten so lustlos, dass es schon wieder faszinierend war. Essen machen, der Laden, das Haus, die Rechnungen, die Kinder. Alles gingen sie auf dieselbe lethargische Art an. Nur wenn sie einander berührten, war da noch ein Rest Energie zu spüren. Mittlerweile weiß ich, dass Dad einen Fehler begangen hatte, dass er die zarten Pflänzchen ihrer Persönlichkeiten einzementiert, ihnen Falten in die Haut tätowiert hatte. Jetzt, wo wir so weit weg von ihnen sind, fehlen sie mir. Wäre doch nur alles anders gekommen.

Mum und Dad haben uns nie erklärt, warum Dad letztendlich gegangen ist. Ich sehe ihn immer noch vor mir, wie er zusammengesunken im Wohnzimmer saß, ohne seine Umgebung wahrzunehmen. Mum hat es uns an einem Donnerstagabend beim Essen erzählt. Wir kamen nach Hause, und sie saß am Tisch, den Kopf auf dem Arm. Der Esstisch war mit unserem dunkelblauen Porzellan und der passenden Sauciere gedeckt. Es war bewölkt, durch das Fenster kam pudrig graues Licht herein, Stäubchen tanzten um die Kerzenflammen. Ich stand im Türrahmen, Rocco dicht hinter mir.

»Hallo, ihr zwei«, sagte sie traurig und hievte sich in eine etwas konventionellere Haltung hoch. Vom Ärmel war ein Abdruck auf ihrer Wange geblieben, und sie wirkte durcheinander, wie eine lieblos angezogene Schaufensterpuppe. Sie hatte ihre Brille nicht auf, ihre Augen waren Maulwurfsaugen, winzige Origamischlitze in ihrer faltigen Haut. Ihr Mund lag schwer in ihrem Gesicht, ein unzufriedener Ausdruck um die Lippen. Offensichtlich hatte sie auf uns gewartet, und ich hatte sofort ein schlechtes Gewissen, denn sie sah unglaublich müde und betrunken aus. Früher war sie wunderschön gewesen, damit gab sie gern an, die Männer waren ihr in Scharen hinterhergelaufen.

»Tut mir leid, dass wir so spät kommen«, sagte ich unsicher und beobachtete ihre langsamen, fast tänzerischen Bewegungen. »Wir wussten nicht, dass du Essen machst.«

»Konntet ihr ja auch nicht wissen. Es ist ein bisschen kalt geworden, wollt ihr trotzdem was?« Sie sah uns hoffnungsvoll an. Ihr Make-up war verschmiert, und die Falten in ihrem Gesicht waren überdeutlich zu sehen. Ob Falten und Narben eine Art Strichliste des menschlichen Körpers sind? Eine Kerbe für jede Krankheit, jeden Tod, jeden Herzschmerz, jeden Misserfolg, jedes Mal Traurigsein? Man überdeckt sie mit Make-up, aber ganz verstecken kann man sie nie.

»Klar, gern«, sagte ich. »Ich hab richtig Hunger. Und Hühnchen ist ja kalt auch noch lecker.« Ich klang falsch. Wir setzten uns an den Tisch.

»Hier, bitte schön.« Mums Stimme war schwer vom Alkohol. Sie schnitt ein Stück Hühnchenbrust ab und legte es mir hochkonzentriert und sehr vorsichtig auf den Teller. Das weiße Fleisch hob sich von dem blauen

Porzellan ab, bevor sie es in einer Kelle Soße ertränkte. Mum wirkte in dem graugelben Licht nervös und alt. Sie riss für Rocco ein Hühnerbein ab und wischte sich dann die fettigen Finger an der Serviette ab. Rocco grinste mich an. Er fand es lustig, unsere Mutter besoffen zu sehen, und wollte mich mit seinem Lächeln beruhigen. Ich fühlte mich aber überhaupt nicht beruhigt, im Gegenteil, mir war schlecht.

»Und …?«, setzte Mum an und verstummte dann wieder für einen Moment. »Hattet ihr einen schönen Tag?«

»Hm.«

»Irgendwas Nettes gemacht?«

Rocco holte seine Zigaretten aus der Hosentasche und zündete sich eine an. Er stützte den Ellbogen auf den Tisch und rauchte lässig. Er fixierte Mum mit seinen vom Rauch umrahmten Augen.

»Nee«, sagte ich. Rocco drehte das Hühnerbein um und schob es an den Tellerrand. Ich schnitt ein Stück von meinem Fleisch ab und steckte es mir in den Mund. Es war lauwarm, und die Soße schmeckte bitter.

»Du, Mum? Wo ist eigentlich Dad?«

Mum blickte auf.

»Darüber wollte ich gerade mit euch reden.« Sie versuchte angestrengt, die Silben flüssig miteinander zu verbinden. Sie schwieg einen Moment und sah Rocco an, der starr dasaß wie ein aufgezogenes Spielzeug.

»Dad ist … in den Urlaub gefahren.« Sie nahm einen Schluck Wein und spielte mit der Serviette herum, die neben ihrem Teller lag, ließ die Ecken durch die weiche

Haut ihrer Finger gleiten wie ich immer meine Bettdecke.

»Er hat dich verlassen«, sagte ich. Mum wirkte überrascht. Sie wischte sich über das Gesicht und verschmierte dabei ihr Make-up noch mehr. Ich fühlte mich zittrig, und meine Lider waren schwer. Dass Mum so fertig war, tat mir fast körperlich weh. Sie wickelte sich nervös eine Haarsträhne um den Finger und sah mich schließlich entschlossen an.

»Eurem Vater geht es nicht gut. Er musste verreisen, um sich zu erholen.« Ich kam mir schwach und durchsichtig vor.

»Was hat er denn?«, fragte ich ängstlich.

»Er ist nur ein wenig erschöpft«, sagte Mum nach kurzem Zögern. »Ich muss mich um ihn kümmern.« Sie probierte ein Lächeln. »Ihr müsstet eine Weile allein zurechtkommen. Das schafft ihr doch, oder?«

»Klar.« Ich versuchte, ruhig und gelassen zu klingen.

»Ihr provoziert uns beide immer so.« Mum sah mehr zu Rocco als zu mir. »Und ich kann einfach nicht hierbleiben, wenn euer Vater mich woanders braucht.«

»Mum, ist schon okay, wir kommen klar, wirklich.« Ich griff nach ihrer Hand, aber sie zog sie schnell weg. Das nahmen Rocco und ich als Zeichen zu gehen. Sie waren schon oft ohne uns in den Urlaub gefahren, deshalb beunruhigte es mich nicht, dass sie uns allein ließen. Wie traurig sie ausgesehen hatte, hingegen schon.

»Es ist nicht meine Schuld«, sagte Mum. Wir standen auf. »Es ist seine Schuld.«

Mir kam der beängstigende Gedanke, dass ich die Welt

mit zehn besser verstanden hatte als jetzt. Wenn Kinder ein Streichholz anzünden, merken sie, dass Feuer gelb und heiß ist und ihnen die Haut verbrennt. Sie lernen, dass man Metall nicht anzünden kann, Plastik schmilzt und Teetassen zerbrechen. Sie schneiden sich, und die Eltern erklären ihnen, was Blut ist. Man hat kein echtes Bewusstsein für gestern oder morgen, man lebt im Moment, bis alles immer komplizierter wird und man immer weniger versteht.

Wir verließen die Küche. Ich drehte mich noch einmal zu Mum um. Wenn es stimmt, dass alles immer weniger Sinn ergibt, sobald man einmal seine Unschuld verloren hat, dann war es kein Wunder, dass Mum und Dad immer so traurig und durcheinander wirkten.

4
Mum und Dad

Das Schlafzimmer von Mum und Dad liegt direkt unter unserer Dachkammer, und ich weiß noch genau, wie wir sie das erste Mal beim Sex hörten. Ich war fast sechs. Wir waren in unserem Zimmer und spielten mit unseren Masken, als von unten plötzlich ein Stöhnen kam. Ich stand auf meinem Bett, die Füße in einem warmen Deckenknäuel, auf dem heißen Gesicht die kalte Papiermaske. Dad hatte uns die dunkelroten Masken zu Weihnachten geschenkt, und wir liebten sie, sie waren ein wesentlicher Bestandteil fast aller unserer sorgfältig ausgedachten Spiele. Mum fand sie gruselig, weil wir damit aussahen wie riesige Mücken.

Rocco kniete gerade auf dem Boden und wedelte mit der Maske in der Luft, um mich zum Lachen zu bringen. Da hörten wir das seltsame Geräusch von unten. Dann ein Lachen, das auch ein Weinen hätte sein können. Wir spitzten die Ohren. Das Bett begann rhythmisch zu quietschen. Dad rief irgendetwas, und Mum keuchte, als würde Dad sie gerade erwürgen.

Dads Rufe wurden immer lauter und hallten durch das ganze Haus. Wir sprangen auf und rannten auf unseren pummeligen Beinchen die Treppe hinunter, um Mum zu retten. Mit unseren Mückenmasken vorm Gesicht stürmten wir tapfer ins Schlafzimmer. Mum war nackt, Dad hatte noch sein Hemd an, und er drückte sie gegen das Bettende, als wollte er eins mit ihr werden, als wollte er nie wieder ohne sie sein. Wie wenn man zwei Knetfiguren zusammenquetscht, so dass sie einen einzigen Matschball ergeben. Ihre weißen Körper glänzten und waren in Hingabe verkrampft wie bei hysterischem Gelächter oder einem Wutanfall. Von da an ließen wir abends beim Einschlafen immer das Radio laufen. In den Jahren bevor uns Dad verließ, waren die Geräusche aber sowieso nur noch selten zu hören, wahrscheinlich weil Dad so oft Grippe hatte.

Wenn Dad Grippe hatte, roch es eine Woche lang im ganzen Haus nach Desinfektionsmittel, Erkältungsmedikamenten und Tee. Mum kaufte dann Unmengen an Lebensmitteln, die Dad doch nicht aß, und putzte wie verrückt. In diesen gedämpften Tagen, an denen Rocco und ich nur auf Zehenspitzen gingen, wurde uns immer wieder aufs Neue klar, wie sehr Mum Dad liebte. Sie stritten sich oft, aber wenn er krank war, war Mum rund um die Uhr für ihn da und bewegte sich durch die nach Zitrone duftende Stille wie eine Puppe aus Papier. Sie nahm zu, trug leuchtenderen Lippenstift und die Haare im Pferdeschwanz. Etwa drei Wochen bevor er uns verließ, kochte Mum das letzte Mal vernünftiges Essen. Sie backte Brot, an dem Dad ein bisschen knabberte und es dann liegen ließ, Cupcakes, die sie in einer Schüssel auf dem Küchentisch arrangierte, und machte ihm richtigen Kaffee, für den sie extra Bohnen in einer kleinen Mühle mahlte, die nur zu besonderen Anlässen benutzt wurde. Unser Zuhause roch warm wie ein Bauernhaus, und lediglich Dads kühle Stimme erinnerte uns daran, dass wir in einer verwinkelten Londoner Straße wohnten.

Rocco und ich durften nie zu ihm, während er krank im Bett lag, wir hörten ihn nur manchmal herumzetern und jammern, dass er aufstehen wolle, während Mum ihn abwechselnd anschnurrte und ihm gut zuredete. Wir trieben uns dann immer so lange wie möglich draußen herum, weil wir uns zu Hause nur im Weg fühlten. Wenn wir Mum dann doch einmal auf der Treppe oder in der Küche begegneten, trug sie meistens ein Tablett mit Tee und Toast zu Dad rauf, alles hübsch ordentlich angerichtet wie für eine religiöse Zeremonie, in der Hand ein Thermometer, über dem Arm ein Geschirrtuch. Die Kluft zwischen ihnen und uns war eine fast körperlich spürbare Grenze, die selbst einfache Unterhaltungen schwierig machte – »wir gehen dann«, »Fernseher aus?« –, als würden wir über eine Wüste hinweg in Morsecode kommunizieren. Wenn Mum mit uns sprach, hatten wir oft das unangenehme Gefühl, sie würde dabei durch uns hindurchsehen. Ihre ganze Liebe galt ihm; in ihren Augen waren wir lediglich unwichtige Randfiguren.

Rückblickend kommt mir das letzte Mal noch ernster vor als die Male zuvor. Rocco und ich waren oben unter dem Dach und hörten Musik, als wir plötzlich ein lautes Krachen aus Dads Zimmer hörten. Bei uns zu Hause krachte ständig irgendetwas, deshalb achteten wir erst gar nicht darauf. Rocco blieb auf dem Boden sitzen und sah nicht einmal von seinem Buch auf.

»Hast du das gehört?«

Er schüttelte den Kopf. Ich öffnete die Tür, da krachte es noch einmal, ein splitterndes Geräusch, wie wenn etwas zerbricht. Ich rannte die Treppe hinunter. Mum kam im selben Moment die Treppe hoch gelaufen, anscheinend in ebenso blinder Panik wie ich. Wir sahen einander nicht kommen und stießen zusammen, und das Tablett mit dem Essen polterte die Treppe hinunter. Ich versuchte noch, es in der Luft zu fangen, griff jedoch ins Leere und musste stattdessen zusehen, wie alles zu Boden fiel und sich auf den Stufen verteilte.

»Tut mir leid«, sagte ich. Mum schwieg. »Ich mach das sauber.«

Sie würdigte weder mich noch das Essen auf dem Boden eines Blickes, sondern öffnete die Tür zu Dads Zimmer einen Spalt und schob sich hindurch. Krankheitsgeruch strömte in den Flur. Ich holte Handfeger und Kehrblech und begann sauberzumachen. Mum redete beruhigend auf Dad ein, der hustete und schimpfte. Mit zitternden Händen sammelte ich die Scherben und das matschige, hellgelbe Rührei vom Boden.

Mum steckte den Kopf aus der Tür. »Lass ruhig, Isabel, ich mach das gleich. Auf dem Küchentisch liegen zehn Pfund, geh doch mit Rocco ein bisschen raus. Wir müssen ja nicht alle hier im Haus hocken.« Ihre Lippen zogen sich schwerfällig zu einem künstlichen Lächeln auseinander. Ich nickte, und sie schloss die Tür wieder. Ich beseitigte trotzdem noch den gröbsten Schmutz, weil ich sonst ein schlechtes Gewissen gehabt hätte, und dann gingen Rocco und ich ins Kino. Als wir nach Hause kamen, war das Haus wieder blitzblank und still.

Nach Mums kaltem Hühnchen saß ich oben in unserem Zimmer und dachte nach, aber es machte einfach nicht klick. Rocco und ich hockten eine Weile schweigend nebeneinander, dann ging er duschen. Das Haus fühlte sich still und leer an. Keine beruhigende Stille, sondern diese aufgeladene, gezwungene Stille, die es nur in Häusern in der Stadt gibt. Oberflächlich betrachtet, ging ich in einer stillen Dachkammer auf und ab, aber wenn ich genau hinhörte, rauschten draußen Autos vorbei, und wenn ich mich anstrengte, hörte ich die Leute, die gerade aus dem Pub kamen, und irgendwo zwitscherten bestimmt auch Vögel, lärmten Maschinen in Fabriken. Im Haus nebenan hatte vielleicht gerade jemand Sex, wurde Wäsche gewaschen, schrien Babys. Nebel stieg auf, und Tau setzte sich auf den Mauern von London ab. Ich hörte jedoch nur meine Füße auf dem Teppich.

Es war etwa halb neun, die Wolken waren blau, die Erde schob langsam ihren bleischweren Körper vor die Sonne. Ich nahm mir eine von Roccos fertiggedrehten Zigaretten und das Feuerzeug vom Fensterbrett. Ich zündete sie an, trat ans Fenster und sah vorn an der Ecke den Schatten eines Mannes, der an einer Mauer lehnte und ebenfalls rauchte. Seine Hand bewegte sich abgehackt hoch zu seinem Mund und wieder weg. Der Fleck London um ihn herum sah aus wie ein Elendsviertel oder eine Theaterbühne, Backsteine, die sich als Häuser ausgaben, feuchte Pappe und verrostetes Metall. Ich wollte nicht, dass der Mann bemerkte, wie ich ihn beobachtete, stellte mich schnell links neben das Fenster und zog die Jalousie zu, ohne das Licht anzumachen.

Ich nahm das Modell des menschlichen Auges in die Hand, das immer neben Roccos Bett stand. Er hatte es vor ein paar Jahren aus Dads Laden geklaut. Es war kunstvoll aus bemaltem Holz gefertigt, die einzelnen Teile passten haargenau ineinander. Iris, Hornhaut, die kugelrunde Pupille und die anderen Teile hatte man mit sorgfältig beschriebenen Etiketten versehen. Für mich war es nicht viel mehr als ein medizinisches Modell, das bestimmt lange Zeit in einem strahlend weißen Schränkchen gestanden und von dort angehende Chirurgen und gelangweilte Biologiestudenten angestarrt hatte, aber Rocco hielt es für Kunst.

Als Rocco jünger war, wollte er Arzt werden. Leider konnte er kein Blut sehen. Mit fünf fiel ich von einer Schaukel und schnitt mir dabei an einer Glasscherbe das Handgelenk auf. Das Blut spritzte nur so. Rocco kam herüber, um zu sehen, wieso die anderen Kinder alle um mich herumstanden. Ich weinte nicht, winkte Rocco nur unsicher zu. Einen Moment lang blieb er reglos stehen, dann kippte er einfach zur Seite auf die Korkmatten.

Mit seinem eigenen Blut hatte er kein Problem, aber vor dem von anderen Menschen ekelte er sich. Wenn wir uns über den menschlichen Körper unterhielten, bekam er leuchtende Augen und wurde ganz leidenschaftlich. Nicht auf eine sexuelle Art, es faszinierte ihn einfach, wie in diesem perfekt organisierten System alles ineinanderpasste, wie alles seinen Platz und seine ganz bestimmte Aufgabe hatte. Er hat mal zu mir gesagt, Blut würde für Unordnung stehen, und er hasste Unordnung. In seinem Kopf lagen Fakten und Abbildungen in einem bestimmten Regal, Ideen in einem anderen, Pläne wieder in einem anderen. Es war ihm wichtig, dass alles, was er tat, Struktur hatte. Er mochte das Prinzip Chaos, wollte aber kein Teil davon sein. Ich habe kein Problem mit Blut, ich habe sogar ein ausgesprochen gutes Verhältnis zur Farbe Rot. Ich hatte mal eine kurze Affäre mit Blau, weil mir die Farbe von Schwimmbecken so gefällt, aber letztendlich habe ich dann doch wieder zur Farbe von Zungen und Lippen zurückgefunden. Wenn man die Augen schließt und sich ein Gefühl bildlich vorstellt, sind die guten immer alle perserteppichrot.

Die Stille summte mir in den Ohren, ich schaltete den Fernseher ein. Die Antenne war kaputt, deshalb konnten wir nicht alle Programme empfangen. Ich ließ eine Naturdokumentation laufen, in der ein männlicher und ein weiblicher smaragdgrüner Käfer eine gepanzerte Legion silberner Babys bewachten. Sie hockten in einer Höhle, huschten blind hin und her und stießen immer wieder gegeneinander. Das Licht, das durch das Fliegengitter hereinschien, war weich wie Spachtelmasse. Der grünliche Schimmer des Fernsehers flackerte über den Fußboden, wo noch immer die Zinnsoldaten verstreut lagen. Die Zigarettenglut leuchtete hell wie ein Glühwürmchen. Ich atmete den Rauch tief ein und fühlte mich ein wenig getröstet. Ich sah den hübschen Käfern noch eine Weile zu, bis ich Rocco die Treppe heraufkommen hörte.

Insekten mochten Rocco und ich schon immer. Sie sind von so stupider, flüchtiger Schönheit, und die Tatsache, dass sie keine Wirbelsäule haben, ist auch irgendwie praktisch. Eine Wirbelsäule mit ihren vielen kleinen Teilen ist so komplex, diese künstlerische Perfektion allein reicht fast als Argument für die Existenz Gottes. Sie hält alles aufrecht und ist doch gleichzeitig so dünn. Als hätte man einen Zweig aus Elfenbein im Rücken. Wenn man sich das Genick bricht, knickt einem dann der Kopf zur Seite ab?

Der menschliche Körper ist zwar eine Maschine, in der alles wundervoll zusammenarbeitet, wie Rocco immer begeistert ausführt, aber sie geht auch schnell kaputt. Insekten haben keine Wirbelsäule und sind die erfolgreichsten Vertreter des Tierreichs. Libellen mag ich am liebsten, weil die Evolution aus irgendeinem Grund an ihnen vorbeigegangen ist, die sind schon vor dreihundert Millionen Jahren mit den gleichen straffgespannten, zartgeäderten Flügeln umhergeflogen. Die größte Libelle der Welt ist ein versteinertes Exemplar aus Amerika mit einer Flügelspanne von sechzig Zentimetern, aber die meisten sind klein, winzige Schmuckstücke.

Rocco erforschte voller Interesse, wie Insekten Sex haben, denn nachdem wir Mum und Dad dabei gesehen hatten, fanden wir, dass es so nicht sehr praktisch sein konnte. Männliche Wasserjungfern, eine libellenähnliche Insektenart, legen ihre Spermien auf einer bestimmten Stelle an ihrem Unterleib in der Nähe der Hinterbeine ab. Sie pressen die Spitze ihres Unterleibs gegen den Hals des Weibchens, und das Weibchen hebt dann wiederum ihren Unterleib an, um die Spermien einzusammeln. In dieser Tandemhaltung fliegen sie eine Weile hin und her und bilden dabei oft ein Herz – der Kopf des Männchens unten an der Spitze, der des Weibchens an der Oberseite.

5

Mum geht

Am nächsten Morgen stand Mum mit ihrem Koffer im Flur und wollte sich von uns verabschieden. Die roten Ringe um ihre Augen glänzten feucht. Sie lächelte, und wir wussten nicht recht, wie wir uns verhalten sollten. Rocco lehnte an der Wand, ich trat von einem Fuß auf den anderen.

»Tut mir leid wegen gestern Abend«, sagte sie. »Wenn ich zurück bin, wird alles wieder gut zwischen uns, versprochen. Ich möchte nur gerade nichts erklären, das versteht ihr bestimmt.«

Ich nickte benommen. Rocco sah sich im Flur um.

»Ihr zwei seid jetzt erwachsen.« Sie versuchte beim Reden ihre Haare hochzustecken, die ihr immer wieder ins Gesicht fielen. »Wir müssen alle an uns arbeiten, ihr erzählt uns ja auch nichts von euren Problemen. Es liegt nicht nur daran, dass wir schlechte Eltern wären. Wenn wir wieder zurück sind, fangen wir noch mal von vorn an, als Freunde.« Es klang gekünstelt und steif.

»Wie lange bleibst du denn weg?«, fragte ich. Mum sah müde aus.

»Kommt auf Dad an. Ich hab euch ein bisschen Geld auf eure Konten getan. Tut mir leid, dass es nicht viel ist. Eine Nachbarin wird ab und zu nach euch sehen.«

»Alles klar«, sagte ich. »Sag Dad liebe Grüße von uns. Ich hoffe, er wird bald wieder gesund.«

»Na klar, das wird er. Und wenn wir wieder da sind, vergessen wir einfach, was passiert ist, und alles ist wieder wie früher.«

Rocco nahm Mums Tasche und trug sie nach draußen zum Taxi, ich blieb drin, weil ich keine Socken anhatte. Ich umarmte sie. Sie fühlte sich knochig an, als hätte sie überall scharfe Kanten. Für einen Moment schien sie weicher zu werden. Dann machte sie sich von mir los und sah mich an, und ich dachte schon, sie würde als Nächstes fragen, ob ich nicht mitkommen wolle. Aber dann senkte sie den Blick.

»In ein paar Wochen ist alles wieder gut«, beruhigte sie mich.

»Denk dran, Dad von uns zu grüßen«, sagte ich.

»Natürlich.«

Rocco kam zurück ins Haus, küsste Mum zum Abschied auf die Wange, und dann lief sie zum Taxi. Ihre Haare lösten sich schon wieder, weil sie sich so beeilte.

Die Tür schlug zu. Rocco und ich standen stumm im Flur, starrten an die gelben Wände und auf Mums schlängelnde Topfpflanze in der Ecke. Es war, als hätte mit ihr jegliche Energie das Haus verlassen. Als sei es nur noch eine riesige Origamikonstruktion mit dünnen, zerbrechlichen Mauern, in denen die Feuchtigkeit aufstieg. Ich strich leicht über eine Wand, und sie fühlte sich tatsächlich wie Papier an, rauh und abgenutzt. Die Wohnzimmertür stand einen Spalt offen, und ich konnte ein Stück des Couchtischs erkennen, auf dem zwei Tintenfässer auf einem Zeitschriftenstapel standen. Das Haus war eine Antiquitätensammlung ohne ihre Sammler, genauso wie der Laden, nachdem Dad dort nicht mehr hinging. Rocco zündete sich geradezu behutsam eine Zigarette an. Ich nahm jeden Schatten und jeden Atemzug im Haus wahr. Ich hörte Rocco an der Zigarette ziehen. Obwohl es nichts Ungewöhnliches war, dass Mum und Dad nicht zu Hause waren, fühlte ich mich seltsam ängstlich. Wahrscheinlich lag es daran, dass sie uns Geld dagelassen hatte.

»Hast du Hunger?«, fragte ich nach einer Weile.

»Irgendwie schon«, antwortete Rocco.

6

Jungs und Mädchen

Nur ein einziges Mal habe ich ohne Rocco geschlafen. Ich war zehn, und es war die Nacht, nachdem ich mit dem Rasensprenger gespielt hatte. Es war Sommer, und ich war mit meinen Puppen im Garten gewesen. Obwohl es schon sieben Uhr abends war, stand die Hitze noch immer über der Stadt. Als mich die Puppen langweilten, stellte ich den Rasensprenger an und sah den Wassernadeln zu, wie sie die Luft in unserem kleinen Garten stachen, wie sie das Laub des Baums und die roten Backsteinmauern links und rechts davon bespritzten. Unter dem Baum stand eine kleine Katzenfigur aus Stein mit grünen Juwelenaugen und daneben zwei Steingänse. Einer war der Kopf abgebrochen und lag neben ihr. Die Tiere wurden von dem Wasser nass, aber sie blieben sitzen.

Ich kaute am Ärmel meines Baumwollkleides. Ich war ein unruhiges Kind, hastig und voller Angst, über den Rand der Welt zu fallen, bevor ich alles erlebt hatte. Ich machte ständig Ärger, ohne dass ich es wollte und ohne dass ich verstand, was um mich herum geschah. Mir wurde heiß unter der Haut, während ich dem rieselnden Wasser zusah, das durch die Luft hüpfte wie eine Million Lemminge, also stellte ich mich über den Sprenger und ließ das Wasser zwischen meine Oberschenkel hinaufsprühen. Mein Kleid wurde schwer, klebte mir an der Haut. Ich streckte die Hände aus und schloss die Augen, blieb reglos dort stehen mit diesem Druck zwischen meinen Beinen, bis Mum Rocco irgendetwas zurief und damit den Moment unterbrach.

Ich öffnete überrascht die Augen und sah an unserem Haus hinauf. Rocco lehnte sich aus dem Fenster, mit der für ihn typischen frühreifen Würde, die an Christopher Robin aus *Winnie Puuh* erinnerte. Mum stand am anderen Fenster und rief zu ihm hinüber. Er sah ein wenig erschrocken aus, fast schuldbewusst, und an diesem Abend musste er auf der Couch schlafen. Ich verstand die ganze Aufregung nicht, und saß stundenlang in der Wärme meines Betts und hielt die Decke an mein Kinn gedrückt. Unser Haus stößt auf beiden Seiten gegen andere Häuser, und ich bildete mir ein, ich könnte durch die Mauern Leute hören, die mit einem Löffelstiel langsam den Putz von der Wand kratzten, um sich bis zu mir vorzuarbeiten und mich im Schlaf mitzunehmen.

In dieser Nacht bekam ich zum ersten Mal meine Tage, so unnatürlich früh, dass ich noch überhaupt nicht aufgeklärt war. Ich fühlte mich unwohl, das Bettzeug war schweißnass, mein Nacken heiß unter den Haaren, und die Decke fühlte sich einfach nicht richtig an auf meiner Haut. Als ich am nächsten Morgen aufwachte, waren meine Oberschenkel feucht und glitten aneinander ab. Im Halbschlaf dachte ich kurz, ich hätte ins Bett gemacht. Dann sah ich unter der Decke nach. Das knochenweiße Laken hatte Blutflecken. Ich warf die Decke zurück und suchte nach einer klaffenden Wunde an mir, dann sprang ich blitzschnell aus dem schrecklichen Bett, als wäre das Blut Feuer. Das blutverschmierte Laken war mir intuitiv peinlich. Ich versuchte meine Tränen zu unterdrücken. Rocco hatte sich in der Nacht zurück in unser Dachzimmer geschlichen und kam zu mir gelaufen. Als er das Blut sah, wurde er ganz bleich und fragte mit zitternder Stimme: »Was hast du denn gemacht?« Er sah aus, als wäre ihm schlecht. Ich war froh, dass er da war.

»Nichts«, wimmerte ich, trat einen Schritt von dem verschmutzten Bett weg und umklammerte Roccos Handgelenk. Er sah an mir rauf und wieder runter, bemerkte die getrockneten blutigen Schlieren an der Innenseite meiner Oberschenkel, konnte aber keine entsprechende Wunde entdecken. Ängstlich holte er eins seiner Schulbiologiebücher hervor, und schließlich, eine halbe Stunde voller Tränen später, hatte er herausbekommen, woher das Blut kam. Noch ganz heiß vom Rausch des Weinens sah ich ihn schockiert und verwirrt an, rannte die Treppe hinunter und schloss mich im Bad ein. Ich wusch das Blut ab und untersuchte mich. Ich war sicher, dass mir meine Unschuld ausgesaugt und ich zu einer Erwachsenen getrocknet werden sollte. Wochenlang träumte ich nachts, dass meine Organe voller Larven wären und ich lediglich ihre Behausung darstellte, und es hätte mir nur noch niemand erklärt. Ich stellte mir vor, wie die vielen Larven auf meinem Herzen saßen und in meinem Bauch miteinander kopulierten, gegeneinanderstießen und nur darauf warteten, sich in Raupen zu verwandeln und mich von innen her aufzufressen. Einige Mückenarten legen ihre Eier unter der Haut von Tieren ab, wo die Jungen dann schlüpfen und sich von den Muskeln des Wirtstiers ernähren. Noch schlimmer ist der Tarantulafalke, die größte Wespe der Welt. Das Weibchen dieser Spezies fängt sich eine Spinne und lähmt sie durch einen Stich. Dann legt sie auf dem reglosen Körper ein Ei ab, während die Spinne noch am Leben ist, und schiebt es durch eine Öffnung in sie hinein. Wenn die Jungen dann schlüpfen, haben sie gleich frisches Spinnenfleisch.

Nach dem Zwischenfall mit meinen Tagen war Roccos und mein Interesse an Blut neu geweckt. Kein vernünftiger erwachsener Mensch würde zugeben, Blut schön zu finden, obwohl es doch so eine perfekte und faszinierende Farbe hat. Es nervte Mum immer, dass Rocco und ich uns wochenlang mit einer einzigen Sache beschäftigen konnten. Es gibt die Außenwelt, die Rinde, die aus der Stadt mit ihren sozialen Zwängen und Regeln besteht. Darunter verstecken sich die verschiedenen Menschen mit ihren verschiedenen Motivationen und Fetischen hinter Mauern und bringen Ordnung und Unordnung in ihre eigene Welt. Niemand ist so eine simple Konstruktion, wie im *Playboy* dargestellt wird, und will ständig Peitschen und Leder, oder wie im *Economist*, und interessiert sich nur für Aktien. Es gibt einen Mittelweg, einen seltsamen Ort, einen blauen, grauen, roten Ort hinter diesen Mauern, über den jedoch niemand spricht – aus Angst, das fragile Gleichgewicht der Außenwelt zu gefährden.

An dem Tag, an dem Mum uns verlassen hatte, um sich um Dad zu kümmern, machte ich mich wie benommen auf den Weg zur Schule. Mein Alltag funktionierte trotzdem wie gewöhnlich. Ich aß ein paar Toastscheiben, nahm meine Schultasche, und dann liefen Rocco und ich zusammen durch das frühmorgendliche Camden, ich zur Schule, er zur Arbeit. Es war ein kühler, klarer Morgen. In den Hauseingängen schälten sich gähnend und fluchend die Penner aus ihren Kokons. Im Winter sieht London aus, als wäre die einzige Flüssigkeit darin Vogelkacke und Benzinlachen. Die Bäume sind kahl, die Blätter zerfallen, die Straßen sind wie das Innere kalter Knochen.

Rocco ging nicht mehr zur Schule, er arbeitete tagsüber in einem Zoogeschäft und verkaufte Spinnen und Eidechsen. Seine Mittagspause verbrachte er meistens in einem von Camdens verstaubten Buchläden, ohne jemals etwas zu kaufen. An diesem Abend hatte er außerdem die Nachtschicht im Pub, also würde er erst gegen elf zu Hause sein. Vor den hohen Schultoren küsste ich ihn auf den Mundwinkel und ging dann quer über den traurigen betonierten Spielplatz zu der Gruppe Leute aus meiner Stufe, die dort auf einer Bank saßen. Die ganze Schule ist aus Stein. Zwei moderne Flachbauten, einer aus rotem Backstein, der andere in einem glatten Grau wie Zigarettenasche, dazwischen ein Streifen, der Spielfeld genannt wird, aber viel zu klein ist, um darauf irgendeinen Sport zu betreiben. Die beiden Gebäude sind durch einen mit Wellblech überdachten Gang miteinander verbunden, an dessen Metallgeländer die jüngeren Kinder immer geschaukelt haben, bis das verboten wurde.

Die Schulcafeteria ist ein feuchter Kellerraum, der mit sechseckigen Klapptischen vollgestellt ist, die von allein in sich zusammenfallen. Die Musikzimmer sind kleine, rechteckige Gefängniszellen, jedes mit einem kaputten Klavier ausgestattet, auf dem man die hohen Töne nicht mehr spielen kann. Hinter dem Wissenschaftsgebäude befindet sich ein Teich, der nach Chemikalien, Froschlaich und Zigaretten stinkt und um den die Lehrer einen großen Bogen machen. Das Schulgelände umgibt ein Zaun, auf den man aus fast allen Klassenräumen Aussicht hat.

In den Mittagspausen ging ich immer sofort zu den Musikzimmern, in die größte Zelle am Ende des Flurs, von der aus man zur Abwechslung den Rand des Betonspielplatzes und einen Teil der Treppe sah, die runter zum Fahrradschuppen führte. Ich legte meine Notenblätter auf den Ständer und holte meine Flöte aus dem schweren, schwarzen Koffer. Ich betastete liebevoll ihre Einzelteile. Die äußere Hülle der Flöte war glatt, die Verengungen, an denen sie zusammengesteckt wurde, zerkratzt. Ich nahm das kalte Metall in den Mund und blies hinein. Weil ich die ganze Woche noch nicht gespielt hatte, kam nur ein schriller Ton heraus. Draußen vor dem Fenster saßen mein Freund Jackson und unsere gemeinsame Clique in einer Ecke. Jackson war groß, trug Hosen, die ihm zu weit waren und aus denen das Hemd heraushing. Er hatte sehr blasse, fast durchsichtige Haut und aschblonde Haare. Unter seinem Hemd blitzte eine silberne Gürtelschnalle hervor, und um den Hals trug er eine einzelne Perle an einem Lederband. Jackson und mein Bruder sahen sehr verschieden aus. Rocco war kräftig, hatte breite Schultern, starke Knochen, dichtes Haar und olivfarbene Haut. Er sprach selbstbewusst, und oft glitzerten seine Augen amüsiert. An Jackson war nichts Kräftiges, er war eher schlaksig und unsicher. Wenn er lief, schlurfte er vor sich hin und sah dabei auf seine Füße. Er hatte viele Freunde, aber ich persönlich habe ihn ehrlich gesagt nie so richtig durchschaut. Das war vielleicht zum Teil der Grund, warum ich so auf ihn stand.

Unsere Schuluniform bestand aus einem schwarzen Rock, einer schwarzen Strumpfhose und einer durchsichtigen gelben Bluse für die Mädchen und aus einer schwarzen Hose, einem gelben Hemd und einer gelbgestreiften Krawatte für die Jungs. Wir kamen uns blöd darin vor, wie zu groß geratene Hummeln. Vom Fensterrahmen des Musikzimmers blätterte die Farbe ab, die Scheibe hatte fettige Abdrücke und war offensichtlich schon lange nicht mehr geputzt worden. Das trübe Licht verlieh dem ganzen Raum eine bedrückte Stimmung. Die Szene draußen wurde mir plötzlich unangenehm, als ich bemerkte, wie Jackson, mit dem ich seit drei Monaten zusammen war, einen Blick und ein kurzes Lächeln mit einem anderen Mädchen austauschte. Meine Eifersucht überraschte mich. Ich wandte mich vom Fenster ab. Ich fühlte mich fast wie eine Spionin, wie ich da oben in dem winzigen Musikzimmer stand und ihnen zusah, deshalb nahm ich das kalte Metall wieder zwischen die Lippen und begann zu spielen.

Bis Rocco letztes Jahr von der Schule geflogen war,

war die Welt in Ordnung gewesen. Seitdem verbrachte ich die meisten Pausen in dem kleinen Musikzimmer und übte Flöte. An einem Sommernachmittag hatten wir lustlos Volleyball mit einem zusammengeknoteten Pullover gespielt. Der Pullover flog auf das Wellblechdach des Durchgangs zwischen den Gebäuden und blieb dort liegen. Erst versuchten wir, ihn mit einem Stock zu erwischen, aber letztendlich musste Rocco vom Geländer auf das Dach klettern. Als er dort oben saß, wollte er dann plötzlich nicht mehr runterkommen. Also warf er mir den Ball zu, und ich ihn wieder zu ihm rauf. In dem Moment kam der Direktor aus dem Wissenschaftsgebäude und sah Rocco und mich mit dem Pulloverball spielen, Rocco in gefährlicher Höhe. Auf dem Schulverweis stand als Begründung, er hätte eine »potenzielle Gefahr für sich und andere« dargestellt und sei außerdem »höchstwahrscheinlich unter Drogeneinfluss« gewesen.

Ich musste lachen, als ich das las, was nicht gut war, denn es war ja eine ziemlich ernste Angelegenheit. Aber nachdem Rocco so viele Schulregeln gebrochen hatte – Drogenkonsum, Schulschwänzen, mangelnde Mitarbeit –, flog er nun von der Schule, weil er mit einem Pullover Volleyball gespielt hatte. Bei schlimmen Sachen muss ich oft lachen, diese verstörenden Lachanfälle kommen über mich wie kalte Wut, und ich kann nichts dagegen tun. Das erste Mal passierte es nach der Beerdigung unseres Großvaters, aggressives Gelächter, das hart aus mir herausbrach und von Spucken und Prusten begleitet war, während ich verzweifelt versuchte aufzuhören.

Zum Glück passierte es nicht während der Ansprache, sondern hinterher, nachdem alle den Gedenkraum des Krematoriums verlassen und sich zu den Grabplatten begeben hatten. Unsere Familie ist nicht religiös, deshalb fand das Ganze nicht in einer Kirche statt, sondern in einer schmucklosen Kapelle. Die Gedenkplatte für meinen Großvater war aus schwarzem Marmor, die Inschrift golden, es sah aus wie der Umschlag eines Krimis. Drum herum lagen hübsche Kränze und Blumensträuße, alle mit bunten Bändern zusammengebunden. Als die Ersten sich auf den Weg zum Parkplatz machten, drehte ich mich um und sah Mum mit einer Unmenge Kränze beladen zum Auto gehen. Sie schickte Dad sogar zum Grab zurück, er solle noch mehr holen. Sie kam den Weg entlang, hinter ihr fielen Blumen auf die Erde wie Konfetti, und rief: »Hol ruhig noch ein paar Kränze, Schatz, die sind doch noch gut!«

Mein Lachen begann mit einem Prusten. Einmal, zweimal, ich prustete und zwang meinen Bauch, nur ja kein Kichern herauszulassen. Ich fühlte, wie sich das Lachen unter meiner Lunge zusammenballte. Dann fiel es einfach aus mir heraus, ich krümmte mich zusammen, es hörte nicht auf. Ich bekam kaum noch Luft, roch aber das französische Parfüm meiner Mutter, das sich mit dem Duft der Blumen mischte. Ich dachte, ich würde in Ohnmacht fallen und hatte ein eklig wattiges Gefühl im Kopf. Immer noch kichernd, als hätte ich an einem Heliumballon gesaugt, setzte ich mich einfach auf den Boden. Mum schimpfte: »Reiß dich zusammen, du bist hier auf einer Beerdigung! Was gibt's denn überhaupt zu lachen? Es gucken schon alle.« Aber das führte mir nur vor Augen, dass ich auf einer Beerdigung einen Lachanfall hatte, und da musste ich noch mehr lachen. Mir tat alles weh. Irgendwann hörte es schließlich auf, wir stiegen ins Auto, fuhren nach Hause, und der Vorfall wurde nie mehr erwähnt. Jeder dachte, es wäre nur meine Trauer gewesen, die sich da auf eine etwas seltsame Art gezeigt hätte, und das war vielleicht auch so. Es machte mich nachdenklich: Was war Lachen denn überhaupt, wenn es genauso gut statt Weinen passieren konnte?

Nach der Schule brachte mich Jackson nach Hause. Wir unterhielten uns über unbedeutenden Kram, Schulgerüchte, Hausaufgaben, die wir nicht gemacht hatten. Camden wirkt immer etwas unordentlich, wie eine Collage, die ein Kind gebastelt hatte, nur dass Camden aus Gerüchen und Menschen besteht. Manche Flecken der Camdener Luft riechen nach Zigaretten, andere nach Curry, nach thailändischem Essen, nach Schweiß. Selbst nachts kotzen die kleinen würfelförmigen Verkaufsstände, die die Gehwege säumen, noch Schuhe und alte Kleider aus. Alles ist schmutzig. Die Leute sind laut, betrunken, high. Ständig will einem jemand einen Flyer in die Hand drücken, besonders in der Nähe des Bahnhofs neben dem Kanal, wo sich Frauen mit pinkfarbenen Haaren, betrunkene Lesben, nette Penner und Goths mit ihren Freunden treffen. In der Ferne sind Sirenen zu hören, die sich klirrend ausdehnen und wieder zusammenziehen, ohrenbetäubend laut.

Wir drängelten uns durch die Freitagabendmenge,

gingen über die Brücke, auf der ein Penner etwas von McDonald's aß und Rastafarians anboten, mir Dreadlocks zu machen, und bogen nach links ab. Ich beugte mich über das Geländer des Kanals und sah dem schaumigen Wasser zu, das unter uns dahinströmte und Coladosen und eine Unmenge an Zigarettenstummeln mit sich trug. Wir kamen an Dads Laden vorbei. Er lag dunkel, und aus der Werkstatt war kein Hämmern zu hören, kein Dad, der seine heißgeliebten antiken Waffen bearbeitete. Ich warf einen Blick durch das Schaufenster auf das Durcheinander im Inneren des Ladens.

Wir blieben eine Weile davor stehen. Jackson setzte sich auf die bröckelige steinerne Einfassung des Schaufensters, und ich starrte in den Laden, bis uns plötzlich jemand von oben etwas zurief. Ich sah hoch. Der Vermieter beugte sich aus dem roten Backsteingebäude zu uns herunter wie ein schmelzender Wasserspeier. Im Zimmer war Licht an, deshalb konnte ich nur seine Umrisse erkennen.

»Dein Scheißvater soll sich endlich bei mir melden!«

Ich wollte ihm gerade sagen, dass Dad weggefahren war, aber er hatte das Fenster schon wieder zugeschlagen, es ging so schnell, als hätte ich mir seine Hakennase nur eingebildet. Jackson nahm meine Hand, und wir liefen durch die belebten Straßen nach Hause.

»Mum und Dad sind für eine Weile weggefahren.« Ich drehte den Schlüssel im Schlüsselloch herum.

»Wohin denn?«, fragte Jackson mit seiner leisen, sandigen Stimme. Wir hörten jemanden in der Küche und blieben im Flur stehen.

»Ich dachte, Rocco arbeitet heute Abend im Pub.«

»Dachte ich auch«, antwortete ich und ging in die Küche. Dort saß eine Frau, trank Tee und las Zeitung. Eine munter aussehende ältere Dame in einem weiten Pullover und einem lachsfarbenen Rock. Ihre runzligen Finger waren voller Ringe. Sie trug roten Lippenstift.

»Hallo?«, fragte ich zögerlich.

»Ach, hallo!« Sie faltete die Zeitung zusammen. »Ich bin Mrs Arnold.« Sie schüttelte erst mir, dann Jackson die Hand. »Entschuldigt, dass ich mich nicht vorher angekündigt habe. Ich bin nur kurz vorbeigekommen, um nach dem Rechten zu sehen, ob ihr hier auch keinen Unfug treibt. Eure Mutter hat mir den Schlüssel gegeben.« Sie klapperte mit einem riesigen Schlüsselbund, an dem so viele Schlüssel hingen, dass sie damit garantiert in jedes einzelne Haus in London kam. »Ich wohne eine Straße weiter. Wir kennen uns wohl noch nicht.«

»Ich glaube nicht, nein. Das ist übrigens nicht mein Bruder«, sagte ich und zeigte auf Jackson. »Rocco ist arbeiten. Danke, dass Sie vorbeigeschaut haben, aber Rocco und ich kommen gut allein zurecht.«

»Eure Mutter hat nun mal darauf bestanden. Braucht ihr irgendwas?«

»Nein, danke. Und Sie brauchen sich wirklich nicht noch mal die Mühe machen. Mum hat uns Ihre Telefonnummer dagelassen, wir rufen dann einfach an, wenn es ein Problem gibt. Aber wir kommen schon klar. Mum müsste jetzt auch jeden Tag wieder da sein.«

»Alles klar. Ich verlass mich auf euch. Ich möchte eure Mutter nicht enttäuschen, sie ist eine so nette Frau.«

»Natürlich«, erwiderte ich schnell.

»Dann geh ich mal wieder. Hab noch ein paar Dinge zu erledigen.« Sie warf sich ihre große Tasche aus Lederimitat über die Schulter. Ich fragte mich, wie lange Mum und Dad noch wegbleiben würden.

7
Jungfrau

Völlig unerwartet verlor ich an diesem Abend, nur einen Tag nachdem Mum gegangen war, meine Jungfräulichkeit an Jackson. Als Rocco nach Hause kam, war er schon weg. Ich saß im Schlafanzug auf meinem Bett und las. Rocco stand in der Tür und musterte mich neugierig.

»Du bist ja ganz rot im Gesicht«, sagte er, zündete sich eine Zigarette an und trat aus unserem Zimmer auf den kleinen Balkon mit dem Eisengeländer hinaus. Er nahm ein Glas, das wir draußen vergessen hatten, und schüttete das schmutzige Regenwasser über das Geländer. Es klatschte auf den Gehweg. Ich knickte die Seite um, auf der ich gerade war, zog mir einen Pullover über und ging zu ihm hinaus. Ich sah hinunter auf die verwinkelten Seitenstraßen, die mal nebeneinander verliefen, mal aufeinandertrafen wie Gänge in einem Labyrinth, und auf den Supermarkt, der so verlassen wirkte wie alle Orte, die eigentlich voller Menschen sein sollten. Ich setzte mich wie immer auf das Balkongeländer und lehnte mich gegen die Ecke des Schornsteins, die aus der Mauer ragte, ein Bein auf dem Geländer, das andere auf dem Sims.

»Mir ist nur warm«, log ich. Ich hatte nicht vorgehabt, mit Jackson zu schlafen, dieses Gefühl wie flüssiges Metall zwischen meinen Beinen hatte mich selbst überrascht. Ich hatte keine Lust, mit Rocco darüber zu reden. Ich schämte mich nicht, ich finde nur, jedes erste Mal braucht ein bisschen Zeit, um sich im Körper aufzulösen wie eine Vitamintablette. Wahrscheinlich wollte ich nur sichergehen, dass der Sex keine widerliche Chemikalienflut in mir auslöste, durch die ich sofort zu einer Erwachsenen vertrocknete wie Mum. Vielleicht war es mir doch ein bisschen peinlich.

Wir waren schon ein paar Stunden zu Hause gewesen, bevor Jackson und ich hoch in mein Zimmer gingen. Ich schloss das Fenster. Jackson grinste. Seine Pupillen waren groß, und alles an ihm schien in Bewegung. Er schaltete den kleinen tragbaren Heizkörper ein, der bei uns unter dem Tisch stand. Eine Wolke heißer Luft stieg von den Plastikrippen auf. Jackson stellte sich davor wie vor ein offenes Feuer und wärmte sich mit übertriebener Gestik die Hände. Ich musste lachen. Ich hatte nicht vorgehabt, mit ihm zu schlafen. Ich hatte wirklich, wirklich nicht vorgehabt, mit ihm zu schlafen. Er roch nach Zigaretten und Deo.

Ich lächelte ihn an, und er griff nach meinen Händen und tippte mit den Fingerspitzen darauf. Tip, tip, tip, tip, tip, tip, tip. Langsam wurde es warm in der Dachkammer, die Kälte schmolz weg. Jackson sah sich nach etwas um, mit dem er seine Hände beschäftigen konnte, die nicht still halten wollten. Er nahm sich einen blauen Filzstift von der Kommode, zog die Kappe ab und setzte sie wieder drauf, klick, klick, klick, klick, klick. Mein Rock bekam Falten unter mir. Ich hatte meine Strumpfhose ausgezogen, und der Stoff klebte an meiner Haut. Jacksons Augen waren das einzig Kühle in der Dachkammer. Ich ließ zögerlich eine Ecke meiner Bettdecke durch die Finger gleiten. Jacksons Hemd war halb aufgeknöpft, seine Hose wurde von einem Gürtel mit silbernen Nieten oben gehalten.

»Kann ich dich anmalen?«, fragte er und zeigte mit der Filzstiftspitze auf mich.

»Nein«, sagte ich unsicher. Ich lachte, weil er so ernst aussah.

»Ach, komm, lass mich doch. Jetzt habe ich hier schon mal einen Stift, da muss ich auch was damit anmalen.« Also streckte ich ihm meine Hand hin. Er hielt mein Handgelenk fest und malte mit konzentriertem Blick eine Linie von der warmen Haut direkt unter meiner Achsel die Innenseite meines nackten Arms hinunter, über mein Handgelenk hinweg, in einem Kreis um meine Handfläche und den Arm wieder hinauf bis zu meiner Achsel. Ich ließ meinen Arm locker hängen, er hielt ihn fest. Unter meiner Achsel vermischte sich die Tinte mit meinem Schweiß, aber die Linien auf meinem Handgelenk waren dick und deutlich. Auf meiner Handfläche flossen sie wie Wasser durch winzig kleine ausgetrocknete Flüsse. Ich betrachtete Jacksons Gesicht, während er auf mir malte. Die Falten auf seiner Stirn machten mir Lust, sie mit meiner Zunge zu glätten.

Jackson besah sich sein Kunstwerk, während ich mich unter der Bettdecke hinkniete. Mein Körper fühlte sich schwer und heiß an. Dann zeichnete Jackson einen zweiten Kreis in den ersten auf meiner Handfläche und malte ihn aus, so dass es im ganzen Zimmer nach Tinte und Blaubeeren roch. Ich kam mir biegsam und formbar vor, passiv wie die Assistentin eines Zauberers, flüchtig wie Dampf. Jackson hielt meine Finger fest und wartete, bis die Tinte trocken war. Dann legte er seine heiße Hand in das Dunkel zwischen meinen Beinen, ich spürte den sanften Druck seines Daumens. Ohne dass sich seine Hand bewegte, zog ich mir die Decke von den Beinen und setzte mich im Schneidersitz vor ihn. Er beugte sich zu mir, um mich zu küssen, aber ich drehte den Kopf zur Seite, und sein Mund traf nur meine Wange.

»Du schläfst doch nur deshalb nicht mit mir, weil es deinem Bruder nicht gefallen würde, oder?« Er grinste und zog sein Hemd aus.

Ich sah ihn überrascht an. Ich hatte noch nie wirklich darüber nachgedacht. Das schwere Gefühl in meinem Körper war drängend und völlig losgelöst von meinem Kopf. Wie wenn man Fieber hat: Der Körper verlangt nach Flüssigkeit, obwohl einem das Gehirn nicht sagt, dass man etwas trinken müsste, und man versteht Fieber auch nicht, man fühlt es nur. Es war, als hätte ich Sahne statt Blut in den Adern, unmöglich zu ignorieren.

»Na gut, dann male ich dich eben nur an.« Er legte sich neben mich. Ich lehnte mich nach hinten gegen die Wand, wickelte mich wieder in die Decke wie eine Raupe, nur meine Füße sahen noch hervor. Jackson nahm den Filzstift und begann, meine Fußsohle zu bemalen. Es kitzelte, und die Tinte verlief. Er schob die Decke aus dem Weg, führte den Stift mein Bein hoch, durch meine Kniekehle, folgte der Rundung meines Oberschenkels. Ich wehrte mich nicht. An meiner Unterwäsche angelangt, drückte er mit dem Stift fest auf, ich fühlte die blaue Tinte auf meiner Haut. Der Geruch nach Sex lag in der Luft.

Viele meiner ersten Male haben einen Geruch, den ich nie vergessen werde. Wenn etwas so intensiv ist, prägen sich einem die Erinnerungen in allen Details ein. Mein erster Kuss roch nach frisch gemähtem Gras, nach den Karamellbonbons, die wir gegessen hatten, und Axe-Deo. Jeder dieser drei Gerüche für sich beschwört die Erinnerung daran wieder herauf. Sex war eine Mischung von Düften, von Körpern, die sich an Laken reiben, heißer Spucke und der Innenseite von Unterwäsche. Jackson küsste mich, und ich musste ihn einfach auch küssen, ganz überwältigt von diesem neuen Schmerz, der mich durchfuhr wie eine Injektion oder eine Tasse Kaffee. Es dauerte fünfzehn Minuten.

Rocco stand auf unserem winzigen Balkon dicht vor mir und sah streng auf die Linien an meinen Händen und Füßen, die wie Schneckenspuren unter meine Ärmel und die Hosenbeine meines Schlafanzugs krochen.

»Ist ja echt ein künstlerisches Meisterwerk.« Rocco lächelte halb und nickte mit dem Kopf zu meinen Armen und noch etwas bedeutungsvoller zu meinen Beinen hin, wo die Linien sich über meine Fußsohlen ausbreiteten. »Fast wie Kornkreise.«

»Machst du jetzt einen Aufstand, nur weil Jackson

mich angemalt hat?« Ich sah auf die Straße hinunter und dann auf Roccos Hand, die das Glas fest umspannte. Es sah hübsch aus im Abendlicht, als wäre es mit farbigem Rauch gefüllt. Rocco und ich haben uns früher ständig geprügelt, richtig mit Kratzen und Boxen und Beißen. Als wir älter und stärker wurden, hat es mir irgendwann keinen Spaß mehr gemacht, mit meinem Bruder zu kämpfen.

Als er dreizehn war, war Rocco sechs Monate lang so verrückt nach Sex wie ein Karnickel. Er war schwermütig, ständig gelangweilt, zu kräftig, als dass ich ihm ernsthaft hätte weh tun können, und die ganze Zeit unglaublich angespannt. An einem Nachmittag war er wieder mal besonders gemein zu mir gewesen. Wir saßen in unserem Dachzimmer, das Fenster war offen, wir waren von flirrender, schmutziger Sommerhitze umgeben. Mir fiel nichts ein, womit ich ihn zurückärgern konnte, denn egal, was ich sagte, er ignorierte mich einfach. Unter meinen Brustwarzen hatte sich jedoch vor kurzem eine erste Wölbung gebildet, die man als Busen bezeichnen konnte, und einer plötzlichen Eingebung folgend, zog ich mir das T-Shirt aus. Ich sah Rocco nicht an, zog mir den verschwitzten Stoff einfach über den Kopf, als ob mir zu warm war. Ich tat, als würde ich weiter in meiner Zeitschrift lesen, und blieb so vor ihm sitzen. Meine langen Haare hingen mir den Rücken hinab. Zehn Minuten lang konnte er die Augen nicht von mir abwenden. Zwischen meinen Brüsten bildete sich ein Schweißtropfen, auf den sich sein Blick konzentrierte. Der Tropfen wurde größer, die Spannung nahm zu. Die Hitze und die stickige Luft waren fast unerträglich, und ich musste mir das Lachen verkneifen angesichts dieser neuen Foltermethode für meinen großen Bruder. Der Schweißtropfen fiel, Rocco stand auf und ging hinaus, und ich zog mich wieder an. Hinterher hatte ich ein schlechtes Gewissen, dass ich ihn so gequält hatte. Aber nicht so sehr, dass ich sein hormonelles Ungleichgewicht nicht noch ab und zu gegen ihn verwendete, wenn ich genervt von ihm war. Ich zog dann immer einfach mein T-Shirt aus, aber anfassen durfte er mich nie.

Jetzt gerade war ich auch ziemlich genervt von ihm, wie er mir auf dem Balkon gegenüberstand und mich so anstarrte, sich als mein Beschützer aufspielte. Es reizte mich, ihn zu ärgern.

»Ich mache überhaupt keinen Aufstand«, sagte er, »ich verstehe bloß nicht, wieso er dich angemalt hat.« Ich fühlte seine Blicke auf meiner Haut, als würden mich seine Augen abtasten. Es machte mir eine Gänsehaut.

»Ihm war eben danach«, antwortete ich. Roccos Hand schloss sich noch fester um das Glas. Ob er es kaputtmachen würde, wenn er wüsste, dass ich mit Jackson geschlafen hatte? »Er war irgendwie seltsam drauf und ziemlich g–« Ich verstummte und sah hinunter, ließ den Blick über den Supermarkt und die Straße schweifen. »... gut drauf eben. Deshalb hat er mich angemalt.«

»Na toll. Hat er das schon mal gemacht?« Rocco fuhr behutsam über die Filzstiftlinie, die unter meiner Hose verschwand. Es fühlte sich irgendwie an, als wäre es meine eigene Hand, aber gleichzeitig war da auch dieses Adrenalin einer fremden Berührung.

»Nein. Das war das erste Mal.«

»Tinte kann giftig sein.« Er klang merkwürdig. Ich sah hoch in seine großen, grünen Augen. Er erwiderte meinen Blick.

»Ist doch nur Filzstift, Rocco.«

»Ist trotzdem Tinte.«

Ich lächelte ihn an. Er lächelte nicht zurück. Ich wurde nervös. Ich hatte keine Ahnung, was in seinem Kopf vorging.

»Okay«, sagte ich. Ich wählte meine nächsten Worte mit Bedacht, als würde ich auf dem Glas in seiner Hand spazieren gehen, unsicher, ob es halten oder unter meinem Gewicht zerbrechen würde. »Willst du wissen, was wir gemacht haben, nachdem er mich angemalt hat?« Ich betrachtete die Knöchel an Roccos Hand, die weiß hervortraten, dann verging mir das Lächeln schlagartig, denn unter dem Druck seiner Finger zersprang das Glas mit einem Klirren in mehrere scharfkantige Stücke, die über und über mit Rot bespritzt zu Boden fielen.

»Rocco!« Ich machte große Augen und musste lachen, weil er sich für so ein Filmklischee nicht zu schade gewesen war. Ich griff nach seinen Handgelenken, wie er zuvor nach meinen gegriffen hatte. Die Schnitte an seinen Fingern füllten sich mit klebriger, roter Flüssigkeit. Ich sah ihm ins Gesicht, aber Rocco senkte den Blick. Er war blass.

»Ich hol dir ein Taschentuch«, sagte ich, aber er packte mich mit seiner unverletzten Hand.

»Was habt ihr denn gemacht?«, fragte er rauh. Ich blieb stumm, betrachtete Roccos scherbenübersäte Stiefel. »Was habt ihr gemacht, nachdem er dich angemalt hat?«, fragte er, mit mehr Nachdruck diesmal, und hielt meinen Arm so fest, dass es weh tat.

Ich wurde laut. »Rocco, du brauchst ein Taschentuch, du blutest!« Ich versuchte mich aus seiner Umklammerung zu befreien, aber er ließ nicht los.

»Ich will kein Taschentuch. Ich will wissen, was ihr gemacht habt.«

Ich sah ihn an.

»Ich lass dich erst los, wenn du es mir sagst.«

Ich zögerte. Trotz seiner ernsten Miene und der hochgezogenen Augenbrauen wirkte Rocco jung, fast wie ein kleines Kind.

»Du kannst dir doch denken, was wir gemacht haben«, sagte ich schließlich.

Er erstarrte. Die vielen kleinen Muskeln in seinem Gesicht waren angespannt. Widerwillig lockerte er den Griff um mein Handgelenk. Ich trat vom Balkon zurück in unsere Dachkammer und warf ihm wütend eine Packung Taschentücher hinaus. Mir war nicht mehr nach Lachen zumute. Die Taschentücher landeten auf dem Boden, aber er bückte sich nicht danach. Ich machte das Licht aus und ging ins Bett. Rocco blieb draußen auf dem Balkon. Später ging er noch lange rauchend im Zimmer auf und ab, so dass ich ewig nicht einschlafen konnte. Gegen Mitternacht zog er schließlich das Rollo herunter und legte sich schlafen. Die Straßenlaterne warf einen schmalen Spalt Licht ins Zimmer.

8

Faszination

Am Montag, nachdem uns Mum verlassen hatte, besuchte ich Rocco während meiner Mittagspause im Zoogeschäft. Ich wollte einfach nur hallo sagen. Ich ging einen Umweg durch die Nebenstraßen, damit ich nicht an unserem Antiquitätenladen vorbei musste. Die Pflastersteine waren feucht, manche zerbrochen. Ich bog rechts in die Camdener Einkaufsstraße ein und kam schließlich zum Zoogeschäft. Ich stand vor dem Eingang und betrachtete die Käfige links im Schaufenster, in einem von ihnen lagen mehrere Hamster auf einem Haufen und schliefen. Neben der Tür stand eine große Wanne mit Fröschen. An der hinteren Wand des Ladens befanden sich Regale voller Aquarien, die bleiches Licht verbreiteten. Es gab Goldfische, große, schwarze Fische, deren Schwanzflossen aussahen wie Zungen, die Augen wie Wasserblasen, tropische Fische, kleine Fische, blaue, grüne, orangefarbene Fische, und alle waren eng zusammengedrängt und wirkten unglücklich. In einer Ecke saß ein Papagei und schwatzte vor sich hin, die anderen Vögel kreischten nervös in ihren engen Käfigen.

»Suchst du was Bestimmtes?«, fragte mich der Mann hinter dem Verkaufstresen. Er spielte mit einem Schlüsselanhänger in Katzenform.

»Nein, danke, ich will nur zu meinem Bruder, der arbeitet oben.«

»Ach so.«

Roccos Arbeitsplatz waren drei kleinere Räume, zu denen man über eine schmale Steintreppe kam. Er verkaufte Eidechsen, Spinnen und Schlangen. Oben an der Treppe war ein Vorhang aus Holzkugeln, der klappert, wenn man durchgeht, und dann stand man plötzlich in einem abgedunkelten Raum, der nur ein mattes Fenster an der Rückseite hatte. Es roch nach Klopapier und Algen aus den Aquarien.

Rocco saß am Verkaufstresen und las, weil in diesem Teil des Ladens gerade keine Kunden waren. Als ich hereinkam, sah er mit einem breiten Grinsen auf und klappte das Buch zu.

Ich fand es hier schon immer gruselig. In einem Terrarium, das in den Verkaufstresen eingebaut war, lag eine große grüne Eidechse. Sie ruhte mit ihrem drachenartigen Kinn auf einem Plastikfelsen und schlug lustlos mit den Krallen gegen die Scheibe. Links auf dem Tresen standen Unmengen kleiner Kisten mit Grillen, die verzweifelt vor sich hin zirpten. Sie waren jedoch nicht als Haustiere gedacht, sondern als Spinnenfutter. Ich stellte mir vor, dass die Eidechsen und Schlangen vielleicht Menschen sein könnten, die mit einem Fluch belegt worden waren und diesen Fluch jetzt in schuppigen, würdevollen Reptilienkörpern hinter staubigem Glas absitzen mussten. Die Wände der beiden anderen Räume bestanden aus Terrarien voller zusammengerollter Schlangen und dünner, beängstigend reglos sitzender Spinnen.

»Na, alles klar?« Ich lehnte mich an den Verkaufstresen und sah mir einen Flyer zum Thema »Meine erste Tarantel« an. Ich besuchte Rocco nicht oft im Laden, es war dunkel und feucht hier, man hatte das Gefühl, als würde einen das ganze gefangene Leben und die abgestandene Luft krank machen. Ich betrachtete Rocco. Die Schnitte von den Glasscherben waren verschorft. Ich wickelte mir eine Haarsträhne um den Finger und versuchte ein Lächeln. Er sollte nicht mehr böse auf mich sein.

»Nicht viel los heute«, sagte Rocco. »Hab ein paar Spinnen verkauft, ein Typ wollte eine Eidechse für seinen Sohn, nichts Besonderes. Und bei dir?«

»Ich kann mich kaum konzentrieren.« Ich sah meinen Bruder an. »Es ist bescheuert, aber ich muss irgendwie die ganze Zeit an Dad denken.«

»So ist das nun mal mit Sex.« Rocco lächelte. »Danach ist man nicht mehr ganz klar im Kopf.«

Ich wich seinem Blick aus und sah mir stattdessen einen kleinen Frosch an.

»Ich hab gesagt, ich muss an Dad denken.«

»Wieso musst du an Dad denken?«

»Weil er krank ist!«, fuhr ich Rocco an. Er zuckte mit den Schultern.

»Dad kommt schon klar.«

»Natürlich, deshalb muss Mum auch jeden Handgriff für ihn machen.« Ich war wütend.

»Dann solltest du dir ja wohl eher Sorgen um Mum machen, oder?«

»Jetzt sei doch nicht so gemein.« Ich trat einen Schritt

vom Tresen zurück. Die Eidechse darin zitterte kurz. Ich ging energisch rüber zu den Fröschen, hockte mich vor eins der Aquarien und betrachtete ihre dicken, molluskenartigen Körper.

»Hey, Izzie.« Rocco sah mich mit seinen großen, grünen Augen an, dieselbe Farbe wie die Frösche. »Er hat bestimmt nichts Schlimmes. Dad war doch schon immer irgendwie krank. Mach dir keine Sorgen.«

Bevor Dad regelmäßig Grippe bekam, bevor sich unsere Eltern in hektische, nervöse Menschen verwandelten, verbrachten Rocco und ich viel Zeit bei Dad im Antiquitätenladen. Wir waren fast jeden Sonntag dort, bis Mum mitbekam, dass wir mit den Gewehren spielten, und böse wurde. Besonders die wertvollen sollten wir auf keinen Fall anrühren.

Als wir das letzte Mal einen Sonntag dort verbrachten, war ich acht und trug ein rosageblümtes Kleid. Ich hatte zwei grüne Spangen in meinen langen, rötlich braunen Haaren und trug rote Schuhe mit Schnallen und weiße Söckchen. Rocco, zehn Jahre alt, spielte mit den Schnürsenkeln seiner neuen Schuhe herum, die im Dunkeln leuchteten, sein Körper noch geschmeidig und biegsam. Wir saßen beide auf dem hölzernen Verkaufstisch. Dad versuchte angestrengt, uns zu unterhalten, nahm alte Gewehre auseinander und erzählte uns etwas über die Geschichte der Waffen. Die anderen Antiquitäten interessierten ihn kein bisschen, weder die hübschen getriebenen Kupferteller noch die kaputte Kommode oder die großen Kisten mit den Schlössern. Über die

Jahre hatte uns Dad alles Mögliche über Waffen beigebracht. Er hatte uns gezeigt, wie man den Schlagbolzen in alten Gewehren wieder einbaut, damit sie funktionierten, wir hatten Schießpulver verpacken dürfen, und wir wussten, welche Munition in welches Gewehr gehörte. Gerade hielt er eins mit einem hübsch geschwungenen Lauf, einem langen Mahagonischaft und einem Verschlussgehäuse aus echtem Silber in der Hand. Er strich so liebevoll darüber, als wäre es eine Katze.

»Das Wort ›Waffe‹«, erzählte er dabei, »kommt vom mittelhochdeutschen Wort ›wāfan‹ und war ursprünglich auch der Begriff für das Wappen auf einem Schild.«

Rocco spielte immer noch mit seinen Schnürsenkeln. Ich riss die Augen so weit wie möglich auf und verzog den Mund zu einem Lächeln. Diesen leeren Ausdruck hatte ich für solche Gelegenheiten perfektioniert. Ich mochte das Gefühl, ein Gewehr in der Hand zu halten. Es fühlte sich schwer und sicher an. Dad reparierte alle Waffen im Laden selbst und ölte sie immer sehr großzügig, so dass man ganz fettige Finger bekam, wenn man sie anfasste. Die ins Metall gestanzten Muster waren glatt und irgendwie tröstlich.

Meine Lieblingswaffe war ein fünfschüssiger Taschenrevolver von Colt. Er lag in einem alten Kästchen aus Rosenholz, das mit blauem Samt ausgeschlagen war und mehrere Fächer hatte wie eine Gewürzkiste. Es gab eine Pulverflasche, eine Form, mit der man Stahlkugeln gießen konnte, auf der »Colts Patent« eingraviert war, und eine Kombination aus Schraubenzieher und Schlüssel, mit der man die Patronen einsetzte. Jedes Teil passte perfekt in sein Fach. Der Revolver hatte einen Schaft aus Nussbaumholz. Ich hielt ihn in der Hand. Rocco fuhr mit dem Finger über das polierte, gekerbte Metall.

»Man unterscheidet übrigens erst seit dem sechzehnten Jahrhundert zwischen dem Wort für ›Waffe‹ und ›Wappen‹.«

Rocco sah hoch und lächelte höflich. »Da gab's davor bestimmt immer ganz viele Missverständnisse.« Ich musste lachen. Dad sagte nichts.

Rocco ließ seine Schnürsenkel los und griff nach einem schweren Gewehr auf dem Tresen.

»Das ist ein Gewehr mit Würgebohrung von 1875«, erklärte Dad.

»Musst du nicht irgendwas reparieren?«, fragte Rocco frech. Normalerweise verließ Dad irgendwann den Laden und ließ uns allein, oder er war sowieso den ganzen Tag in seinem Büro, reparierte Dinge und telefonierte. Er verbrachte viel Zeit damit, den Versand von Antiquitäten zu organisieren. Wir hatten so gut wie keine Laufkundschaft, so dass Rocco und ich uns immer in die schönsten Spiele mit Kriegen, Prinzessinnen und Soldaten vertiefen konnten. Ich glaube, Dad wartete an dem Tag auf Mum.

Ich hatte mir gerade eine kleine Pistole aus dem Regal genommen und richtete sie kichernd auf Rocco, als Mum eintrat.

»Peng, peng, peng!«, rief ich. Rocco warf sich über den Tresen und starb höchst dramatisch. Mum sah schweigend zu, wie Rocco keuchte und ich höhnisch lachte wie eine alte Hexe. Rocco wand sich mittlerweile halb lachend und halb stöhnend auf dem Boden. Seine Beine verkrampften sich, er krümmte sich zusammen und streckte mit offenem Mund den Kopf so weit nach hinten, dass es schmerzhaft aussah. Ich tat, als wäre ich ein Cowgirl, und pustete in den Lauf meiner Pistole. In dem Moment machte Mum mit einem Räuspern auf sich aufmerksam. Wir drehten uns alle zu ihr herum. Dad sah sofort schuldbewusst aus, als hätte er sich am liebsten in eins der langgezogenen alten Gewehre verwandelt, um in deren Geschichte aufzugehen. Er hatte tiefe Ringe unter den Augen und presste die Lippen aufeinander.

»Ähm, die beiden spielen nur«, begann er vorsichtig. Mum trug ein gelbes Kleid und sah strahlend schön aus wie die Sonne. Rocco und ich zwitscherten ihr ein Hallo entgegen. Sie lächelte kühl.

»Wir haben Kundschaft«, sagte sie.

Rocco und ich verschwanden in Dads Werkstatt, wo wir einander eine Weile schweigend gegenübersaßen. Wir spielten leise mit einem Gewehr, das Dad gerade reparierte, während Mum und Dad einander eine Stunde lang anschrien. Vielleicht gab es da einen kausalen, vielleicht auch nur einen rein zeitlichen Zusammenhang – jedenfalls folgten diese Streits immer auf besonders lauten oder heftigen Sex, dem wir in der Nacht zuvor wie dem musikalischen Äquivalent eines Horrorfilms gelauscht hatten: Es war schrecklich, aber weghören wollte man auch nicht.

»Ich sollte wohl mal wieder zurück zur Schule.« Ich lächelte Rocco unsicher an.

»Stimmt.«

»Weißt du noch, wie wir früher jeden Sonntag bei Dad

im Laden waren?«, fragte ich. Rocco fütterte gerade eine Eidechse. »Das war schön.«

»Ich fand es eigentlich nie schön, Dad hat uns doch kaum beachtet.«

»Wir wollten ja auch gar nicht, dass er uns beachtet. Und außerdem war er manchmal auch richtig lieb zu uns. Wir erinnern uns nur noch an die schlimmen Dinge, weil er mit der Zeit immer seltsamer geworden ist. Aber früher haben wir ihm gern zugehört.«

»Da hast du eindeutig die besseren Erinnerungen«, sagte Rocco.

Eine Frau betrat den Laden und wollte eine Stabheuschrecke kaufen. Rocco musste sie bedienen. Ich unterhielt mich so lange mit dem Drachen, der im Verkaufstresen wohnte. Bei meinem ersten Besuch hatte ich ihn Puff getauft. Puff sah meiner Meinung nach wahnsinnig müde aus. Sein Schwanz war immer eingerollt. Früher hatte es hier drin schlimm gestunken, aber Rocco achtete darauf, dass alles sauber war. Trotzdem konnte ich nicht verstehen, wie er das jeden Tag aushielt, den Geruch und das ununterbrochene Zirpen der Grillen. Ich rief Rocco tschüss zu und kam zu spät zu Chemie.

9

Schnee

Eine Woche nachdem Mum uns verlassen hatte, fing es an zu schneien. Ich erwachte am Sonntagmorgen von einem Klingeln an der Tür. Das Licht kroch durch die Jalousie und die Muster der Wolken spiegelten sich wie unter Wasser. Meine Decke war mir bis zum Bauch runtergerutscht, und ich zog sie wieder hoch bis unters Kinn. Ich kniff die Augen zusammen und hoffte, damit dem Licht und dem Klingeln zu entkommen. Rocco quälte sich aus dem Bett und ging zur Tür, trat dabei auf ein paar Zinnsoldaten und fluchte verschlafen. An dem Morgen konnte man kaum von einer Armee sprechen, eher von einem Haufen Verwundeter. Ich sah Rocco hinterher und musste lachen, als ich ihn hinaushumpeln sah. Er trug gestreifte Boxershorts, und seine dichten schwarzen Haare standen ihm vom Kopf ab.

Im Zimmer roch es nach Schlaf und ein wenig nach Schweiß. Ich schob zögernd die Beine unter der Decke hervor und zog mir Dads weichen Kaschmirpullover über. Ich trug weiße Shorts, meine dünnen, weißen Beine waren nackt. Meine Füße wirkten winzig, der rote Nagellack war an manchen Stellen abgesplittert. Ich wusste nicht, wie spät es war. Als ich den Schnee entdeckte, musste ich lächeln. Von oben wirkte er wie

Gischt, als hätten sich dort draußen Wellen gebrochen, er überzog die nackten Äste der Platanen und hing wie eine Schürze vom Zaun. In den Ritzen der Gehwegplatten sah der Schnee aus wie Schweiß. Der Himmel war ein grelles Neonblau, das Licht gedämpft.

Ich ging Rocco hinterher, blieb aber auf dem Treppenabsatz sitzen, während er sich unten erst eine Zigarette anzündete und dann Dads Vermieter die Tür öffnete. Der hielt eine zusammengerollte Zeitung in der rechten Hand. Die linke war in der Luft erstarrt, anscheinend hatte er gerade noch einmal klingeln wollen. Er blickte ungeduldig, kleine Linien liefen von oben und unten auf seine zusammengepressten Lippen zu. Die Hakennase mit dem dünnen Brillengestell stürzte über seinem Mund herab. Er war einem Märchenungeheuer nicht unähnlich, und ich stellte mir vor, wie er mit einem Blick aus seinen schwerlidrigen Augen versuchte, unser Schloss zu verfluchen.

»Ja, bitte?« Rocco lehnte im Türrahmen und zog verschlafen an seiner Zigarette. Der Vermieter musterte ihn kühl.

»Ich bin's noch mal«, sagte der Mann bedächtig und sah kurz auf die schmale Armbanduhr an seinem Handgelenk. Mich überlief ein nervöses Zittern. Ich betrachtete die Schatten um seine braunen Augen, dunkel wie Narben, die unzähligen Fältchen und die dicken Lider, und mir fiel auf, wie hässlich er war. »Dein Vater hat mich nicht angerufen. Kannst du ihn bitte zur Tür holen?«

»Es ist nicht zu Hause, tut mir leid«, sagte Rocco. »Er ist verreist. Sie können mir gern Ihre Nummer geben, dann sag ich ihm, dass er Sie anrufen soll, wenn er wieder da ist.«

»Er hat seit Monaten keine Miete gezahlt, und ich brauche das Geld heute. Jetzt gleich«, sagte der Mann wütend. Rocco zuckte nur entschuldigend mit den nackten Schultern. Der Mann blieb hartnäckig. »Weißt du, wo er im Moment ist?«

»Nein, er hat keine Adresse hinterlassen.«

»Aha. Er schuldet mir aber eine ganze Menge Geld. Ich hab die Schnauze voll, ich will jetzt endlich mein Geld.«

»Da kann ich Ihnen leider nicht helfen. Wir haben auch keins.«

»Dann muss ich ihn wohl verklagen.« Der Vermieter putzte seine Brille am Ärmel. Ich rieb meine kalten, nackten Füße nervös aneinander und kaute an einem Fingernagel.

»Tut mir wirklich leid«, sagte Rocco, und der Mann ging.

Rocco ließ die Tür hinter ihm ins Schloss krachen, dass das ganze Haus wackelte. Es war kalt im Flur geworden. Ich folgte Rocco in die Küche, mittlerweile hellwach. Ohne Mum, die aufräumte, wurde es im Haus immer unordentlicher. Ich fragte mich, wieso sie bis jetzt noch nicht einmal angerufen hatte. Der Küchentisch war voll mit schmutzigem Geschirr und Abfällen. Rocco schob alles gedankenlos beiseite. Er holte zwei Schüsseln aus dem Schrank und füllte uns Cornflakes hinein, aber wir hatten keine Milch, also saßen wir einander gegenüber und löffelten lustlos in den trockenen Cornflakes herum.

Ich freute mich über den Schnee, er versetzte die Stadt in eine besondere Stimmung.

»Schnee.« Ich deutete mit dem Kopf auf das Fenster und legte mir nachdenklich einen Cornflake auf die Zunge.

»Ja, ist ewig her, dass es das letzte Mal geschneit hat.«

Wir schalteten das Radio an und lauschten schweigend dem Wetterbericht, in dem von vereisten Straßen und Stau an der Clapham Junction die Rede war.

»Was meinst du, was der Typ jetzt macht?«, fragte ich.

»Keine Ahnung.« Rocco verzog genervt den Mund. Die Cornflakes langweilten mich. Ich warf einen Blick in den Kühlschrank, in dem sich aber nur ein paar übelriechende Reste von einer Bestellung beim Chinesen befanden, und schloss die Kühlschranktür angeekelt wieder. Ich drehte mich um und sah Rocco zu, der systematisch seine trockenen Cornflakes aß.

In einer Ecke der Küche saß eine kleine Spinne, so winzig und elegant, dass sie fast unsichtbar war. Während unseres Urlaubs in Malta hatten Rocco und ich uns eines Abends aus dem Hotel geschlichen und waren am Meer entlang ins Stadtzentrum spaziert. Dort wanderten wir lautlos wie zwei Fliegen umher und sahen den Leuten zu, die auf den Terrassen über dem Wasser Abendbrot aßen. Rocco und ich konnten große Menschenmengen noch nie leiden, aber sie dort wie auf einer Theaterbühne beobachten zu können machte uns Spaß. Wir drückten uns in den Straßencafés herum, und niemand nahm Notiz von uns. Die Leute waren wie Schatten, man konnte keine Einzelheiten ausmachen, nur schwebende

Gliedmaßen. Wie Arbeiterameisen in einer Ameisenkolonie eilten die Kellner zwischen den Tischen umher, unter denen sich die Füße von Jungen und Mädchen miteinander verschränkten. Die jungen Mädchen flirteten, strichen sich die Haare hinter die Ohren und saßen sehr aufrecht da, angemalt wie Puppen.

Rocco ließ vom Hintereingang eines Restaurants eine große Plastiktüte mit alten Brötchen mitgehen. Unten auf den Felsen am Meer, wo sich ein Café ans andere reihte, hatten wir einen Streit und benutzten die Brötchen als Munition, um einander damit zu bewerfen. Einmal traf ich Rocco so hart, dass er ins Meer fiel. Im Fallen schien er kurz in der Luft zu stehen wie eine Trickfilmfigur, ruderte wild mit Armen und Beinen und sah aus wie ein Seestern. Er rief etwas und landete schließlich mit einem großen Platsch im Wasser. Ich musste lachen. Blitzschnell zog ich mich aus, stand einen Moment lang mit in die Hüften gestemmten Händen auf dem Felsen und sprang dann jauchzend zu Rocco ins Wasser. Das Meer war unglaublich kalt und stach uns in die Haut, es war schwarz wie Moorwasser, der Lichtschein der Lampen und Kerzen von den Tischen tanzte auf der Oberfläche. Wir stellten uns vor, wir wären unsichtbar und unsere Körper würden hinaus aufs offene Meer getrieben, ohne dass es jemand bemerkte. Nur Insekten und Kinder dürfen gern unsichtbar sein.

An unserem letzten Abend im trägen, heißen Malta musste Dad ins Krankenhaus, nachdem er »auf einem nassen Stein ausgerutscht war«. Rocco und ich saßen ein Stück vom Hotel entfernt auf unseren Koffern und spielten mit einem Filzstift Tic Tac Toe auf unseren Armen. Unsere Eltern wussten nicht, dass wir dort saßen, also waren wir in dem Moment ebenfalls unsichtbar. Wir hörten Mum mit jemandem von der Rezeption lachen, und dann kam Dad den Flur entlang. Er hatte ein Gipsbein und auf der Stirn ein Pflaster, und sah geradezu verwegen aus.

»Der Kerl kann sich einfach nicht benehmen!«, sagte Mum zu der Dame an der Rezeption und zwinkerte unserem Vater zu, der sich auf ein Sofa fallen ließ. Die spanische Dame kicherte unsicher.

»Er ist betrunken«, verkündete Mum.

Rocco und ich spielten währenddessen weiter. Ab und zu sahen wir zu Dad hinüber, der verwirrt schien und versuchte, sich unter seinem Gips zu kratzen. Zu dieser Zeit war er noch ein bisschen rundlicher. Er sah schuldbewusst aus, wie er dasaß und traurig sein gebrochenes Bein begutachtete.

»Du Armer.« Mum setzte sich neben ihn und legte ihm den Arm um die Schultern. »Wie geht's dir? Was ist denn eigentlich passiert?

»Ich hab ein bisschen was getrunken«, sagte er. Unsere Mutter unterdrückte ein Lächeln, nahm seine feuchte Hand in ihre hübsch manikürte und streichelte seine Finger. »Ich bin auf den Scheißsteinen ausgerutscht«, fuhr er fort, »und dann bin ich ohnmächtig geworden.«

»Das tut mir so leid!« Mum sah mittlerweile ernsthaft besorgt aus. »Ich hätte ins Krankenhaus kommen sollen«, murmelte sie. »Aber du meintest ja, ich soll nicht.«

Rocco und ich hielten in unserem Spiel inne und

spähten um die Ecke, aber unsere Eltern sprachen jetzt leiser, und wir konnten nichts mehr verstehen. Mit schweißglänzender Haut saßen sie in der Hitze zusammen auf dem pilzfarbenen Sofa. Die hellblauen Wände um sie herum waren mit feuchten Stellen meliert, und Risse verliefen von der Decke bis zum Boden, als hätte der Blitz eingeschlagen. Wir sahen Mum zu, wie sie trotz der Hitze Dads Gesicht streichelte, mit den Fingern traurig über das Pflaster und über seine vollen Wangen strich.

Ich ging um die Ecke zu den beiden.

»Ist alles o.k., Dad?«

»Dein armer Vater ist am Strand ausgerutscht und hat sich das Bein gebrochen«, sagte Mum. »Ihr müsst jetzt besonders lieb und hilfsbereit sein.« Sie zeigte auf den Gips. »Wollt ihr darauf unterschreiben?« Sie lächelte uns an. Wir sahen abwartend zu Dad. Er nickte dumpf. Ich malte verschieden große Küsse und in dicken Buchstaben »Gute Besserung«. Rocco schrieb nur lustlos seinen Namen in einer Spalte untereinander.

Ich sah aus dem Küchenfenster auf das verschneite Camden hinaus und spürte der Stille unseres leeren Hauses nach. »Was würdest du machen, wenn du unsichtbar wärst?«, fragte ich Rocco. Die Londoner Landschaft hatte unter dem Schnee ganz weiche Konturen bekommen.

»Ab in die Mädchenumkleide, keine Frage.« Rocco grinste. »Und dann würde ich mich einfach bei anderen Leuten in die Häuser setzen, nur um mal zu sehen, wie das so ist.« Ich musste an den alten Schwarzweißfilm *Der*

Unsichtbare denken, in dem ein Mann Bandagen um den Kopf trug, mit denen er aussah wie eine Mumie.

»Wenn man eine Wohnung ausraubt, ist man auch unsichtbar, da sieht einen ja keiner. Man schlüpft rein und wieder raus wie eine Mücke und saugt demjenigen ein bisschen was von seinem Besitz aus.«

»Wäre bestimmt aufregend, mal jemanden zu beklauen«, sagte Rocco. Wir sahen beide der kleinen Spinne in der Zimmerecke zu, die ein Netz für ihren Eisack um sich spann.

Mum und Dad besaßen einen einzigen richtigen Schatz, etwas, das uns schon immer fasziniert hatte. Es war eine Bernsteinkugel, in deren honigfarbenem Inneren eine Biene gefangen war. Die kleine Biene war wohl vor Millionen von Jahren, angelockt von einem Duft, auf Baumharz festgeklebt. Ihre Beinchen waren nicht stark genug gewesen, um sich wieder zu befreien, und während sie noch berauscht vom Zucker war, war das Harz langsam über sie hinweggeronnen und hatte sie erstickt.

Die gelbe Blase lag auf dem Küchentisch. Ich nahm sie gedankenverloren in die Hand und spielte damit herum, das Gestein glänzte so stark, dass es beinahe nass wirkte. Insekten sehen sehr viel schlechter als Menschen, die Biene hatte die Gefahr nicht erkennen können. Sie orientieren sich an Gerüchen und den Vibrationen, die überall in der Luft um sie herum sind, aber wiederum von Menschen nicht wahrgenommen werden. Ameisen hinterlassen eine Spur aus Chemikalien und berühren einander ununterbrochen, um so Nachrichten zu übermitteln. Mottenweibchen senden dichte Pheromonwolken aus. Ich hatte den Eindruck, immer noch den Vermieter im Haus riechen zu können, den Geruch nach warmer, abgestandener Atemluft, der in unserem Haus fermentierte.

Rocco wirkte unruhig. Sein Gesicht war ernst und angespannt, er warf immer wieder verstohlene Blicke aus dem Fenster, wo Dads Vermieter stand und telefonierte. Auf dem Küchentisch lagen zerknülltes Papier und ungeöffnete Briefe. Ich schloss die Augen und drückte mit den Fingern leicht gegen die Rundungen meiner Augäpfel unter den Lidern. Ich öffnete die Augen wieder und sah meinen Bruder an. Rocco starrte noch immer auf den Mann draußen.

»War es das erste Mal, dass du mit Jackson geschlafen hast?«, fragte er plötzlich. Ich betrachtete sein Profil. Er sah mich nicht an. Seine großen Hände ruhten zwischen uns, während ich meine kaum stillhalten konnte.

»Ja«, sagte ich demütig. Rocco drehte sich zu mir um, hob die Augenbrauen und grinste mich amüsiert an.

»War es schön? Tut mir leid, dass ich neulich so blöd war deswegen. Ich würde wirklich gern wissen, ob es dir Spaß gemacht hat.« Die Schnitte an seinen Fingern waren noch immer zu sehen.

Ich erwartete jeden Moment, dass die Falle zuschnappen würde. Seine unschuldigen Augen glitzerten, und er sah aus wie früher, wenn er seine Kreise um mich zog und mich dazu brachte, ihm Sachen zu erzählen, die mir eigentlich unangenehm waren. Unter seinem Blick war ich klein, wichtig zwar, aber winzig. Eine immense Kraft auf die Fläche eines Nadelstichs konzentriert. In Gesellschaft von anderen ist Rocco still, aber eher aus Gewohnheit als aus Schüchternheit. Wenn er wollte, könnte er ohne jede Anstrengung Gespräche dahinplätschern lassen und einem das Gefühl geben, man wäre unglaublich interessant. Er hat mich dazu gebracht, ihm von jedem Kuss zu erzählen, den ich je bekommen habe, ausführlich, in Ruhe, jede Einzelheit. Ich musste ihm jede Facette und jeden Geschmack wiedergeben, ich konnte mich nicht gegen ihn wehren. Ich glaube kaum, dass ihn in diesem Katalog der ersten Male irgendeine Überraschung erwartet, er weiß wahrscheinlich selbst am besten über meine Unschuld Bescheid. Aber ich schreibe das alles ja auch nicht für ihn auf, sondern damit ich endlich mein schlechtes Gewissen loswerde.

»Ja«, sagte ich, und sein Blick wurde weicher.

»Auf deinem Bett oder auf meinem?«

»Auf meinem«, sagte ich. »Natürlich auf meinem.« Ich musste unwillkürlich lächeln. Draußen ging der Mann neben der Mauer auf und ab, das Haus roch kalt.

»Womit hat er dich überredet?«, fragte Rocco.

»Mit gar nichts«, antwortete ich unwirsch. Es war mir peinlich, dass Rocco dachte, man könnte mich mit einem Spruch rumkriegen. »Ich hatte Lust drauf.«

Rocco wurde rot, und ich freute mich, dass er dieses Spiel zwar begonnen hatte, ich aber zu gewinnen schien. Geschah ihm ganz recht – wenn er das alles unbedingt wissen wollte, dann erzählte ich es ihm eben. Sogar seine Hände bewegten sich plötzlich und spielten mit den feuchten Ecken einer Zeitung herum, die auf dem Tisch ausgebreitet war.

»Also, am Anfang wollte ich nicht mit ihm schlafen. Ich hatte keinen BH an. Und ich hatte Angst, dass du uns erwischst. Aber er hat mich so angelacht. Er hat auf meinem Arm herumgemalt, und ich bin feucht geworden, und da wollte ich mit ihm schlafen. Ich hatte nur immer noch Angst, dass du uns erwischst und sauer wirst.«

»Ich wäre nicht sauer gewesen«, log Rocco, und ich grinste meinen Bruder an, der so kindlich und so ernsthaft aussah und mir mit seiner Cornflakesschüssel an unserem langen Küchentisch gegenübersaß. »Na ja, ein kleines bisschen vielleicht«, gab er zu. Ein Lächeln huschte über sein Gesicht, und er wehrte sich nicht dagegen.

»Aber dann hat er an meinem Bein hochgemalt, es hat in der Kniekehle gekitzelt, und er hat innen an meinem Oberschenkel weitergemalt bis zu meiner Unterhose. Ich hab gedacht, der traut sich sowieso nicht bis ganz oben, und als er dann doch bis dahin gemalt hat, hab ich es nicht übers Herz gebracht, seine Hand wegzuschieben. Er hat den Stift weggelegt und mich gestreichelt.«

»Wusstest du noch, was du tust?«, fragte Rocco.

»Natürlich!«, fauchte ich. Es war gelogen. »Ich wollte mit ihm schlafen. Es war so ein unglaublich schönes Gefühl, als ob ich Sahne in mir hab statt Blut. Okay, wahrscheinlich hat das mein Denken schon beeinflusst, aber das muss ja wohl so sein, sonst würde man doch nie dieses hässliche Körperteil von jemand anderem in sich drin haben wollen. Ich wollte wirklich …« Ich verstummte. Bestimmt hatte ich es schon zu weit getrieben, mir lag nichts daran, Rocco weh zu tun. Er runzelte die Stirn und sah mich mit großen Augen an. Ich hasse es, wie ähnlich Rocco Dad dann ist.

»Was dann?«, hakte Rocco nach. Ich hob die Augenbrauen.

»Er hat mich gegen die Wand gedrückt und geküsst«, antwortete ich vorsichtig. Ich war unsicher und fühlte mich in die Enge getrieben. »Er hat mich nicht gerade mit Samthandschuhen angefasst, das war wohl das Problem an der Sache. Ich meine, ich weiß ja nicht, wie es hätte sein sollen. Er hat mich nicht zu irgendwas Ekligem gezwungen oder so, aber … Keine Ahnung, es war auch nicht gerade toll.«

»Ich könnte ihn echt umbringen.«

»Sei nicht böse!« Ich umfasste Roccos verkrampfte Finger und schämte mich. In seinen Augen blitzte es. Ich musste jeden seiner Finger einzeln aufbiegen, sie waren unnachgiebig wie Holz. Meine Worte verliehen dem, was passiert war, ein schreckliches Gewicht, machten es echt, und obwohl ich meine Finger mit Roccos verschränkte, war ich ihm auch einen Moment lang böse, dass er mich dazu gebracht hatte, ihm das alles zu erzählen.

»Tut mir leid«, sagte ich, selbst überrascht davon, dass ich mich entschuldigte. »Ich wollte eigentlich gar nicht mit dir darüber reden.« Rocco bewegte sich nicht, blieb stocksteif sitzen wie eine Puppe. Es fühlte sich schrecklich an, wenn ich nicht verstand, was in meinem Bruder vorging. Sein ganzer Körper sah angespannt aus, sogar seine Augen schienen sich in Marmorkreise verwandelt zu haben, genauso kalt wie das Haus. Mir fiel auf, dass seine Hände schwitzten, meine auch. Ich wollte ihm sagen, wie sehr es weh getan hatte und er mich umarmen sollte. Als hätte ich mir das Knie aufgeschlagen. Aber zu sagen, dass es weh getan hatte, wäre bestimmt zu viel für ihn. Als wir beide klein waren, haben wir immer nach einem Maßstab gesucht, um zu beschreiben, wie lieb wir uns haben. »Ich hab dich lieber als Mum und Dad zusammen«, sagte ich zum Beispiel. »Und ich hab dich lieber als Schokolade«, sagte er dann und gab mir einen Kuss.

Rocco war nie hübsch. Mit meiner hellen Haut und den langen Haaren war ich von uns beiden das hübschere Kind, während er wohl der Attraktive war. Meine Augen passten perfekt in mein Gesicht, wohingegen seine riesig wirkten. Seine Wangenknochen traten zu deutlich hervor, seine Brauen waren zu dicht, sein Kleidungsstil zu unordentlich, als ob die Sachen immer kurz davor waren, von ihm hinunterzurutschen. Frauen sahen ihm genauso hinterher wie Männer, aber er zeigte nie irgendwelches Interesse an Jungs. Er mochte Mädchen schon immer, besonders die blonden, und sie mochten seine düstere Art, seine stille Nachdenklichkeit. Im Gegensatz zu Mum schienen sie es auch zu mögen, wenn sein Schweigen oder seine sexuellen Anspielungen sie verunsicherten.

Ich beobachtete ihn und seine Freundinnen oft. Vielleicht ruhte er einfach so sehr in sich, dass andere Menschen in seiner Gegenwart zwangsläufig durcheinander und unsicher wirken mussten. Er war in keine von ihnen verliebt, und er sagte ihnen das auch ganz offen, trotzdem hofften sie immer alle, er würde irgendwann doch noch Gefühle für sie entwickeln. Dazu kam es aber nie, und dann verließen ihn die Mädchen, manche traurig, manche wütend, und er ließ sie gehen, ohne mit der Wimper zu zucken. Rocco hat Affären mal melancholisch mit Kriegsführung verglichen. Man trifft sich und präsentiert sich gegenseitig seine Waffen. Der Junge macht einen Schritt, das Mädchen lässt ihn vielleicht auch, dann war das ein Punkt für ihn, andernfalls für sie. Er ruft sie an, sie einigen sich auf ein Schlachtfeld, sie treffen Abkommen. Es kommt zu ersten vereinzelten Gefechten, sie kämpfen in Gesprächen subtil um die Oberhand, bis eines Abends dann im Dunkeln, wenn sie Sex haben, der eigentliche Krieg ausbricht. Es gibt keine perfekte Einheit, denn eine perfekte Einheit wäre nur lauwarmes Wasser.

Rocco hat mir einmal Rodins Skulptur »Der Kuss« gezeigt, mir mit der Sicherheit eines Arztes die Bewegung jedes einzelnen Muskels erklärt und mich davon überzeugt, dass der Liebhaber das Mädchen nicht zu sich heranzieht, sondern es wegstößt. Das gefiel mir überhaupt nicht. Rocco zitierte daraufhin Byron: »Ein Herz voll Frieden und Vertraun, und Lieb', unschuldig wie Gebet«, und sah plötzlich sehr ernst aus, die dunklen Augen weit aufgerissen, sagte, dass es so was wie einen unschuldigen Liebhaber einfach nicht gab. Ich lachte, aber eigentlich nur, weil ich darauf nichts zu erwidern wusste. Beim Gedanken daran, ununterbrochen mit so einer erregten Hitze in mir herumzulaufen, wurde mir schlecht. Ich wollte nicht enden wie Mum und Dad.

Als wir klein waren, küsste mich Rocco manchmal auf den Mund, um für andere Mädchen zu üben. Ich saß auf der Balkonbrüstung, mit dem Rücken an den Schornstein gelehnt, und er stand zwischen meinen Beinen. Wenn wir mit den zwei Gewehren spielten, die wir im Haus hatten, küssten die sich auch immer. Rocco hielt das männliche Gewehr mit dem tintenschwarzen Holzschaft und dem dunklen Metalllauf. Das Metall war schmucklos, es war nichts hineingestanzt, während mein Gewehr silbern glänzte und mit Elfenbein verziert war. Roccos Gewehr war gerade in die Schlacht beordert worden und musste in Brasilien gegen Kobolde kämpfen, und mein Gewehr würde seins eine lange Zeit nicht sehen. Also drückten unsere Waffen ihre kalten, ausdruckslosen Münder für einen Moment gegeneinander, doch plötzlich ließ Rocco sein Gewehr einfach neben sich auf den Boden fallen. Ich sah ihn vorwurfsvoll an, weil er die Stimmung unseres Spiels zerstört hatte.

»Die sind doch tot, die haben doch gar kein Blut«, sagte Rocco, und das schockierte mich. Erwachsene hielten Gegenstände vielleicht für tot, aber in meiner kindlichen Vorstellung waren die Gewehre sehr wohl lebendig.

»Du weißt schon, was ich meine«, sagte Rocco. »Sie können nicht bluten, und sie können sich auch nicht in echt küssen. Die können ja nicht mal mehr schießen. Die sind tot.«

Was Rocco an Blut so faszinierte, war die Tatsache, dass es flüssig war, durch unsere Körper rauschte und uns dadurch am Leben hielt, man seinen Anblick aber trotzdem mit Tod assoziierte. Tote Soldaten hatten kein Blut mehr. Die Gewehre auch nicht. Rocco und ich hingegen schon, und wenn er mich küsste, spürte ich es sofort in den Lippen, obwohl es ja nicht mal ein richtiger Kuss war. Sein rauher Mund berührte meinen nur für etwas mehr als einen Augenblick. Dann kletterte seine heiße Zunge wie eine nervöse Schlange in meinen Mund, und ich fing an zu lachen. Er hörte auf und sah mich beleidigt an, und ich versuchte mit dem Lachen aufzuhören, aber es war nun mal lustig, was er da eben getan hatte. Ich war erst zehn, und er war erst zwölf. Ein Jahr später küsste er mich noch einmal zu Übungszwecken, und ich musste die ganze Zeit an die Stöcke denken, die Dad in seine antiken Waffen steckte, damit sie wieder schießen konnten. Dieses Mal musste ich nicht lachen, es war so aufregend wie kaputte Töpfe, Feuer und tote Motten.

10

Zigaretten

Heute weiß ich, dass Rocco schon nach wenigen Wochen eine Erklärung für Mums und Dads Verhalten gefunden hatte, von der er mir damals aber nichts erzählte. Ich hätte es wohl genauso gemacht, hätte die Dinger in eine leere Cornflakespackung gesteckt und dann in den Mülleimer gestopft, hätte so getan, als hätte ich sie nie entdeckt. Zu diesem Zeitpunkt machte ich mir noch vor, alles wäre ganz normal. Dad war müde, hatte oft Grippe, also waren sie eben in den Urlaub gefahren. Rocco verstand die Welt wohl besser als ich und konnte normales von seltsamem Verhalten unterscheiden. Später versuchte er, sich für alles zu entschuldigen, was er angerichtet hatte. Ich lag auf unserem Bett in Paris und nickte nur, als er von seinem Fund erzählte.

Am Mittwoch war eine größtenteils unverständliche Nachricht von Mum auf dem Anrufbeantworter. Es schien darum zu gehen, dass es keinen Grund zur Sorge gab und sich der Vermieter um alles kümmern würde. Wir fragten uns, worum genau er sich denn kümmern sollte, aber sie hatte keine Nummer hinterlassen, unter der wir sie hätten zurückrufen können. Jackson kam an dem Morgen zu mir, und wir schwänzten gemeinsam die

Schule, taten so, als könnten wir wegen des Schnees nicht hin. Wir saßen eine Weile in der Küche, die sich langsam in ihre Bestandteile auflöste und so vollgemüllt war, wie es nur zwei Teenager schaffen, die auf sich allein gestellt sind.

Jackson sah angewidert aus. Der Fußboden links vor dem Kühlschrank war klebrig, weil wir dort 7 Up verschüttet hatten, und im ganzen Raum roch es nach chinesischem Essen und den verschimmelten Früchten aus der Obstschale. Das Herbstlaub hatte sich mit dem tauenden Schnee zu einem Matsch vermischt, der unsere Regenrinnen verstopfte und die Stufen vor dem Haus rutschig machte. Weil weder Rocco noch ich uns Mühe gaben, Mums Topfpflanzen am Leben zu halten, starb die im Wohnzimmer in ihrem schweren, blauglasierten Topf ebenso vor sich hin wie die Pflanzen in der Küche. Die im Flur hatte ich aus Versehen umgestoßen, der bunte Übertopf war in zwei Teile zerbrochen und blutete Erde aus. Es sah aus wie eine vertrocknete Spinne, die im Hochsommer hinter einem Vorhang erstickt war, die Beine hilflos von sich gestreckt. Tote Blätter waren traurig auf dem Boden verstreut und zwei der sieben kleinen Glühbirnen im Flur durchgebrannt.

Jackson mochte sich schlampig anziehen, aber eigentlich war er ein ordnungsliebender Mensch, weshalb er sich in unserer Küche offensichtlich unbehaglich fühlte. Er legte immer seine Hemden zusammen und konnte Asche auf dem Teppich in seinem Zimmer nicht ertragen. Ich trug immer noch meinen Schlafanzug.

Rocco öffnete Mums und Dads Post, jede Menge

langweiliger Rechnungen und Broschüren. Mum bekam immer Broschüren von Tierschutzvereinen oder Flüchtlingsorganisationen zugeschickt, die Geld von ihr wollten, Einladungen zu Protestmärschen, an denen sie teilnehmen wollte, es dann aber nie tat. Dad bekam mehr richtige Post, Antiquitätenkataloge, Versandbestätigungen, Einladungen zu Partys und Rechnungen. In einem dieser Schreiben stand, dass Dad die Gasrechnung auch nach der dritten Mahnung nicht bezahlt hatte und das Gas deshalb abgestellt würde. Sie sagten, sie würden es an diesem Abend um zwanzig Uhr erst einmal vorübergehend abstellen und endgültig, wenn nicht innerhalb einer Woche eine Zahlung einginge. Ich musste beim Anblick des schrecklichen Mahnschreibens lachen, ich war wütend, dass Mum und Dad vergessen hatten, die Rechnung zu bezahlen.

»Wo sind denn deine Eltern nun eigentlich?«, fragte Jackson herablassend und zündete sich eine Zigarette an, während ich mir die größte Mühe gab, mit dem Lachen aufzuhören, indem ich mich an der Tischkante festhielt und meinen Atem in tiefe, fast normale Züge zwang. Es war eindeutig hysterisches Gelächter, und ich hatte das bestimmte Gefühl, dass mein Kopf über meinem Hals schwebte. Nachdem ich mich wieder beruhigt hatte, stand ich auf und wollte eine Scheibe Toast essen, aber das ganze Brot war verschimmelt. Ich fühlte mich unter Beobachtung wie ein aufgespießtes Insekt.

»Die sind weggefahren«, sagte Rocco. »Wir wissen nicht genau, wohin. Sie haben sich ein bisschen komisch benommen.« Er zuckte mit den Schultern.

»Und wo bekommt ihr Geld her?«, fragte Jackson.

»Wir haben bald keins mehr«, gab Rocco zurück.

»Musst du heute nicht arbeiten?«

»Ich hab abgesagt. Dachte, ihr beiden langweilt euch bestimmt ohne mich.« Rocco hob die Augenbrauen und grinste Jackson an, der gedankenverloren auf seine Zigarette starrte.

»Wie aufmerksam von dir«, murmelte Jackson sarkastisch.

»Hört auf damit«, kicherte ich. »Ich brauche ja wohl keinen von euch als Babysitter.«

»Früher hat sie mich schon als Babysitter gebraucht«, sagte Rocco zu Jackson. »Sie hat sich ständig die Knie aufgeschrammt und in den Finger geschnitten.«

»Na, wirklich nützlich warst du aber nicht, du bist doch immer gleich umgekippt, wenn ich geblutet habe!«, sagte ich. Jackson lachte. Er sah sich um.

»Hier drin sieht's aus wie auf der Müllhalde.«

»Stimmt«, gab ich zu. »Hast du Lust sauberzumachen?«

»Nein, danke.« Jackson stand auf. »Ist ja nicht mein Dreck. Wollen wir in dein Zimmer gehen?«

Oben in unserem Dachzimmer lagen die Zinnsoldaten und die beiden antiken Gewehre inmitten einer Sammlung benutzter Kaffeebecher auf dem Boden. Roccos Bett und der Teppich hatten Brandlöcher. Es war hell, das Licht wurde vom Schnee unten auf der Straße zurückgeworfen und schimmerte bläulich. Wir setzten uns zu dritt auf mein ungemachtes Bett. Jackson sah immer wieder nervös zu den beiden Gewehren auf dem Boden. Er hatte sie schon hundertmal bei uns im Wohnzimmer gesehen, aber vielleicht beunruhigten sie ihn jetzt, weil sie hier oben lagen. Jackson begann, sich auf seinem Knie einen Joint zu bauen. Das Papier knitterte unter seinen schweren Fingern. Es war etwa elf Uhr vormittags. Das Zimmer füllte sich mit dem süßen Rauch. Ich stand auf, drehte mich zur Wand, zog mir das Schlafanzugoberteil aus und ein normales T-Shirt an und ließ dabei für einen Moment einen Blick auf meinen nackten Rücken und die Rundung meiner Brüste zu. Meine Shorts behielt ich an.

Ich nahm eins der Gewehre vom Boden und warf es in die Luft. Der Lauf drehte sich zweimal um die eigene Achse und fiel mir wieder sicher in die Hand. Jackson sah mir zu. Ich warf das Gewehr zu Rocco, dann ließen wir es in hohem Bogen zwischen uns hin und her fliegen.

»Wo habt ihr denn die Soldaten her?«, fragte Jackson.

»Aus Dads Laden«, antwortete Rocco.

»Kann das Gewehr nicht losgehen?«

Rocco und ich schüttelten gleichzeitig den Kopf. Wir machten weiter. Jackson wirkte selbstgefällig, wie er dasaß, rauchte und uns zusah. Er wusste ganz genau, dass das Gewehr mit Zement ausgegossen war, er hatte nämlich schon mal danach gefragt.

Ich fing das Gewehr auf, behielt es noch einen Moment lang in der Hand und legte es dann vorsichtig auf den Boden. Als ich Jacksons Gesicht sah, musste ich lachen. Er zog verächtlich die Mundwinkel nach unten, die blauen

Augen hatte er zusammengekniffen. Rocco lehnte sich grinsend auf seinem Bett zurück. Seitdem ich mit Jackson geschlafen hatte, konnte Rocco ihn nicht mehr leiden, und das wusste Jackson. Wenn sie aufeinandertrafen, war die Atmosphäre angespannt.

Mittlerweile ist mir allein schon der Gedanke an Jackson unangenehm. Wenn ich versuche, die verschiedenen Erinnerungen an ihn miteinander in Verbindung zu bringen, wird mir schlecht. Ich muss jeden Schnappschuss isoliert betrachten und Jackson als Schauspieler sehen, der verschiedene Rollen verkörpert.

Plötzlich hörten wir ein Gurren vor dem Fenster. Erst war es nicht sonderlich laut. Es klang nach einer dicken Taube mit Schleim im Hals. Dann war ein Kratzen zu hören, und das Gurren wurde lauter. Es folgte eine Art Kreischen. Rocco und ich sahen einander fragend an. Ich steckte den Kopf aus dem Fenster, konnte aber nichts entdecken, also kletterte ich hinaus auf den Balkon. Jackson blieb sitzen, Rocco kam mir nach. Er hielt sich mit seinen großen Händen am Geländer fest. Das Geräusch war ohrenbetäubend und klang brutal, wurde lauter, dann wieder leiser, hörte aber nicht auf. Und dann flogen sie plötzlich mit dem Temperament zweier Gladiatoren über den Schornstein, zwei riesige, graue Londoner Tauben.

Sie plusterten ihr rauchfarbenes Gefieder auf und umkreisten einander mit überraschend geschmeidigen Bewegungen, ab und zu pickten sie nacheinander. Ihre durchdringenden Knopfaugen blickten starr. Die dickere von beiden, die eine schwarze Kappe trug, hackte der anderen in den Hals. Die kleinere duckte sich und schwankte kurz, schaffte es dann aber, der anderen ein Stück Fleisch aus der Brust zu hacken. Dabei verlor sie das Gleichgewicht und landete auf den Dachziegeln. Fast wäre sie zu uns heruntergefallen, sie blieb jedoch in der Regenrinne stecken, Tauwasser schwappte über den Rand. Ich warf einen Blick auf Jackson, der desinteressiert zu uns heraussah.

»Bah«, machte ich angewidert. Die größere der beiden Tauben kam heruntergeflattert und hackte nun gnadenlos auf die kleinere ein. »Das ist echt eklig«, sagte ich, aber Rocco war von dem Spektakel völlig eingenommen: Die Brutalität, die durch die Luft fliegenden Federn, das umherspritzende rote Wasser und die Geräusche übten eine fast hypnotische Wirkung auf ihn aus. Er war ganz blass, ein Zeichen dafür, dass er sich ekelte, aber eklige Dinge fand er eben spannend. Die kleinere Taube kam schließlich in einem letzten verzweifelten Versuch noch einmal auf die Beine, vermochte aber nicht stehen zu bleiben sondern kippte über den Rand der Regenrinne und klatschte wie ein Stück Fleisch auf den Boden. Die Siegerin, die sich nun plötzlich allein auf dem Dach wiederfand, schien unschlüssig und sah sich nach allen Seiten um, als würde sie Applaus erwarten. Dann humpelte sie enttäuscht zurück zum Schornstein, ihr Bein schmerzte offensichtlich. Rocco klatschte sarkastisch Beifall. Ich rutschte ein Stück zu ihm heran, so dass wir eng nebeneinanderstanden. Er blickte über meinen Kopf hinweg dorthin, wo sich gerade der Kampf abgespielt hatte.

»So hauchte er, gefällt, sein Leben aus«, deklamierte Rocco, »er sprudelt einen scharfen Blutstrahl aus, trifft mich mit dunklen Tropfen roten Taus.«

Rocco verstummte wieder. Im Dämmerlicht wirkte sein Gesicht hart.

»Woher ist das?«

»Klytämnestras Rede in der *Orestie*«, antwortete Rocco. Ich hatte keine Ahnung, wovon er sprach, und drehte mich genervt weg. Immer musste er schlauer sein als alle anderen.

»Ich dachte, du kannst kein Blut sehen.«

»Nur deins nicht.« Er lachte.

»Echt?« Ich war überrascht. »Wieso?«

»Keine Ahnung. Man will eben nicht sehen, dass jemand, den man liebhat, verletzt ist. Da merkt man, dass niemand unverwundbar ist, dass wir alle irgendwann sterben.«

»Wow«, sagte ich.

»Das war toll«, sagte Rocco und deutete mit dem Kopf hoch zur Regenrinne.

Als wir reinkamen, sah Jackson uns misstrauisch an, als wären wir Schauspieler in einem Film. Ich setzte mich auf seinen Schoß. Er drehte demonstrativ den Kopf weg.

»Das war ekelhaft«, sagte er.

Wir bestellten Pizza. Als es an der Tür klingelte, gingen die beiden Jungs runter. Ich fühlte mich einsam und sah einer Fliege zu, die durch den Raum summte. Dann legte ich mich auf Roccos Bett und zündete mir eine von Jacksons Zigaretten an.

Ich hatte halb aufgeraucht und wollte die Zigarette gerade auf dem Balkon ausdrücken, als Rocco zur Tür hereinkam.

»Echt eine blöde Angewohnheit«, sagte er langsam. Er stellte drei Gläser Wasser auf dem Fußboden ab. »Ich fänd's besser, wenn du aufhörst.« Er kam auf mich zu, und ich wich zurück. Er sah nicht wütend aus, aber er sah sowieso eigentlich nie wütend aus. Seine Augen wirkten nur irgendwie hart. Der Träger meines Oberteils rutschte mir von der Schulter. Ohne den Blick von ihm abzuwenden, schob ich ihn wieder hoch und nahm noch einen tiefen Zug von der Zigarette. Die Fliege summte nervtötend durch das Zimmer.

Ich musste daran denken, wie ich das letzte Mal mit Rocco gekämpft hatte, vor fünf Jahren, draußen im Garten. Da hatte es das letzte Mal geschneit. Ich hatte ihm eine Handvoll Schnee direkt ins Gesicht geworfen, und aus der Schneeballschlacht wurde ein richtiger Kampf, wir versuchten einander in unseren unförmigen Gummistiefeln zu Fall zu bringen. Ich humpelte kreischend weg, der Schnee stiebte hinter mir auf. Mein Herz schlug immer schneller. Rocco packte von hinten meinen Arm und schob seine Beine zwischen meine, so dass ich rückwärts hinfiel. Ich trat im Schnee um mich und lachte wie verrückt, griff mir eine Handvoll Schnee und warf sie ihm ins Gesicht. Mir war Schnee in die Unterhose gerutscht und schmolz dort eiskalt vor sich hin, außerdem tat er mir weh, also rief ich, dass er von mir runtergehen solle.

»Sag, dass ich gewonnen hab«, verlangte er lachend. Ich schüttelte den Kopf und versuchte, ihm noch mehr

Schnee ins Gesicht zu werfen. Er schlug ihn mir aus der Hand.

»Sag es.« Obwohl er mir weh tat, musste ich auch lachen. Sein Körper lag schwer auf meinem, seine Beine links und rechts von mir im Schnee. Er drückte mein Gesicht in den Schnee, dass es brannte, aber ich weigerte mich, es zu sagen. Irgendwann ließ er mich gehen.

»Nur Nutten rauchen.« Rocco stellte sich dicht vor mich. »Und nur Nutten ziehen sich einfach aus, obwohl zwei Jungs danebensitzen. Jackson ist schon vom Zusehen fast gekommen.«

Ich sah ihn fragend an. Rocco trug eins von Dads Secondhandhemden, dessen Manschettenknöpfe schon ganz zerkratzt waren. Seine Haare waren zu lang, die Locken strähnig.

»Ich mach's ja nur vor ihm«, gab ich zurück.

»Zähle ich etwa nicht?«

Ich zuckte mit den Schultern und schloss die Lippen wieder um den Filter. Mir war schwindlig, und ich fühlte mich aufgekratzt. »Mach die Zigarette aus«, sagte Rocco ernst. Plötzlich war mir kalt.

»Nein.« Ich stieg barfuß auf das Bett und lehnte mich an die Wand rechts neben dem Fenster. Der Rauch füllte das Zimmer wie Karamell. Rocco trat einen Schritt näher an das Bett heran.

»Mach sie aus«, sagte er noch einmal. Ich holte tief Luft. Ich hatte ein bisschen Angst.

»Nur weil du es sagst?« Nervös strich ich mir die Haare aus dem Gesicht, aber ich sah meinem Bruder ohne zu blinzeln in die Augen. Rocco lachte, doch diesmal blieb ich ernst. Er stieg auf das Bett und stand jetzt ganz nah vor mir. Mein Rücken war an die Wand gepresst. Rocco nahm mein Handgelenk und drückte genau über den Venen zu.

Plötzlich bemerkte ich Jackson mit der Pizza in der Tür. Ich sagte nichts, ließ mir aber von Rocco die Zigarette aus der verkrampften Hand nehmen und neben meinem nackten Fuß austreten. Sie hinterließ ein Brandloch in der Bettdecke. Ich konnte Roccos Atem fühlen, seine heißen Hände umfassten meine Taille. Jackson starrte uns ausdruckslos an. Dann stellte er die Pizza auf dem Boden ab, drehte sich um und ging ohne ein Wort die Treppe hinunter und aus der Haustür. Die schreckliche Stille senkte sich wieder auf unser Haus herab, und mir wurde flau.

Ich sah Rocco fragend an. Er zuckte nur mit den Schultern. Ich griff mir schnell einen Pullover, um Jackson hinterherzugehen, nahm mir nicht mal die Zeit, Schuhe anzuziehen.

»Wo willst du denn hin?«, rief Rocco.

»Ihn fragen, was los ist.« Ich rannte die Treppe hinunter und aus dem Haus und sah gerade noch, wie Jackson aus unserer Straße in die Hauptstraße einbog.

»Hey!«, rief ich. Er drehte sich nicht um, also schlitterte ich ihm atemlos durch den Schnee hinterher. Meine Füße begannen zu schmerzen und wurden taub. Ich holte ihn ein. Er sah mich gelangweilt an, seine Wangen waren rot.

»Was ist denn los?«

»Ich glaube, wir sollten uns lieber nicht mehr treffen«, antwortete er ungerührt.

Mir war kalt, und ich fühlte mich ausgeliefert, wie ich da mit nackten Füßen vor ihm stand. Die Leute starrten uns an. Ich fuhr mir unsicher durch die Haare. Dann fragte ich ihn leise, warum, und wackelte mit den Zehen im Londoner Schnee.

»Es war nett mit dir, aber ich möchte einfach nicht mehr.«

»Aber wieso denn nicht?«, fragte ich noch einmal. Langsam wurde ich böse. Er erwiderte nichts, sondern drehte sich um und lief weiter. »Ich hab mit dir geschlafen!«, rief ich ihm nach, aber er reagierte nicht. »Jackson! Du kannst doch jetzt nicht einfach abhauen!« Schließlich ging ich auch zurück nach Hause, das graue Eis knirschte unter meinen Füßen. Ich drehte mich noch ein paarmal nach Jackson um, bis er um eine Ecke verschwand. Dann stand ich im grellen Licht vor unserem Haus auf der Straße. Ein Lieferwagen hupte mich an. Drinnen tappte ich vorsichtig die Treppe hinauf, damit ich auf den nassen Stufen nicht ausrutschte.

Wenn jeder Schmerz eine Narbe hinterlässt, hatte ich dann jetzt in mir drin eine Narbe von Jackson? Rocco hat eine Narbe auf der Nase, die Folge eines Wutanfalls meines achtjährigen Ichs. Wir hatten Fangen gespielt, und er hatte mich geschubst, so dass ich mit dem Kopf gegen eine Wand gestoßen war. Ich schrie Rocco an, der sich hinter Mums Bett versteckte, und schnappte mir das Nächstbeste, was ich zu fassen bekam. Es war einer von Mums hochhackigen Stiefeln. Ich zielte damit auf Rocco, bog die Hand so weit zurück, dass die blauen Adern an meinem Handgelenk hervorstanden, und traf ihn mit dem Absatz genau zwischen die Augen. Blut spritzte auf die lackierten Dielen und das Bett. Als ich einmal von der Schaukel fiel, hinterließ das eine Narbe, die sich wie ein Band um mein Handgelenk schlingt und in einer dünnen Linie mitten über meine Handfläche verläuft, das Faltengeflecht dort unterbricht. Rocco hat unzählige runde Narben an seinen Handknöcheln, wo er auf irgendwas eingeschlagen hat, meine Knie sind vernarbt, weil ich auf Bäume geklettert bin und von Kämpfen auf dem Teppich. Ich überlegte, ob diese Narben alle zusammen eine Landkarte unserer verlorenen Unschuld darstellten oder einfach nur zeigten, dass wir leicht Narben bekamen.

Bevor Rocco und ich begriffen, wie sich Jungs und Mädchen miteinander verhalten sollten, suchte er mich ab und zu nach Narben ab, als wollte er immer genau darüber informiert sein, was ich so trieb. Er zog mich nackt aus, und ich legte mich starr wie eine Puppe in unserem Zimmer auf den Fußboden. Ich war ziemlich groß und dünn, meine Ellbogen und Knie spitz, als wären sie aus Holz, und sobald ich lag, schloss ich die Augen. Rocco suchte meine milchweiße Kinderhaut nach neuen Narben ab, aber auch nach Kratzern und blauen Flecken. Er hob meine Arme an und untersuchte meine Achseln, hob meine Knie mit zwei Fingern hoch und ließ meine Waden schaukeln. Er legte mir eine Hand zwischen die winzigen Brüste und fühlte nach meinem schnellen Herzschlag, und dann drehte er mich vorsichtig auf den

Bauch und ließ seine Finger über meine Schlangenwirbelsäule gleiten, um zu prüfen, ob sie gerade war. Seine Hände strichen meinen Rücken hoch bis zum Nacken. Dort ruhten sie einen Moment unter meinem Schädel. Dann spazierte seine Hand wieder sacht wie eine kleine Spinne meinen Rücken hinunter. Er drückte mir an Armen und Beinen herum, ob auch nichts gebrochen war, sah mir in den Mund und bat mich, mit den Augen seinem Finger zu folgen, den er vor meinem Gesicht hin und her bewegte. Er zählte meine Narben, als würde er durch sie über den Fortschritt meiner Kindheit auf dem Laufenden gehalten.

Rocco bestand darauf, dass ich so lange wie möglich so unschuldig wie möglich blieb, ich sollte meine ersten Male hinauszögern, sie mir aufsparen. Wenn ich jedoch so unschuldig gewesen wäre, wie er es angeblich gern gehabt hätte, hätte er mit mir nicht so viel Spaß haben können. Seine ewigen unanständigen Kommentare, sein zur Schau gestellter Hedonismus und der ganze andere Kram schockierten mich nicht. Rocco und ich stritten uns ständig, und es hätte ihm sicher nicht gefallen, wenn ich bei jeder seiner Berührungen voll schamhafter Unschuld zusammengezuckt wäre oder mich bei einem Fluch mit geröteten Wangen abgewendet hätte. Er erzählte mir von den verschiedenen Arten, wie Insekten Sex hatten, oder drängte mir verstörende, blutige Details aus der Geschichte, aus Filmen und Büchern auf. Vielleicht wollte er einfach nur über meine Unschuld beziehungsweise deren Verlust bestimmen, sie formen können. Aber ich will meine ersten Male nicht hinauszögern.

Ich betrat das Zimmer mit Tränen in den Augen. Als Rocco klein war, hat er mir gern Angst gemacht, indem er einen Käfer im Garten suchte und sich das hässliche, halbtote Ding dann unter meinem angewiderten Blick ganz ruhig und mit fast ritueller Ernsthaftigkeit auf die Zungenspitze legte. Er schloss dabei die Augen, verzog keine Miene, und dann wackelte er ein wenig mit der Zunge hin und her, bis er den Käfer endlich wieder in seine offene Hand spuckte.

Wie sich Schmerz wohl für Insekten anfühlt? Rocco hat mir mal erklärt, was Utilitarismus bedeutet. Regeln und Gesetze einer Gesellschaft sollten auf das größtmögliche Glück aller abzielen. Die Realität hält dagegen, dass niemand beweisen kann, ob ein Insekt, das man an der Wand zerdrückt, nicht denselben Schmerz empfindet wie ein Philosoph, den man an der Wand zerdrückt.

Ich glaube, meinen ersten Schmerz habe ich im Mutterleib gespürt. Als Mum mit mir schwanger war, hatte sie in der siebzehnten Woche eine Lebensmittelvergiftung. Man sollte meinen, sie hätte für die neun Monate auf ungewöhnliches Essen verzichten können, aber sie mag Austern eben. Es muss schrecklich gewesen sein, eingesperrt in dieser feuchten Höhle, so vergiftet, dass man davon Schmerzen hat, und das von einer Flüssigkeit, die einem durch die Adern gepumpt wird, ohne dass man sich dagegen wehren kann. Rocco meinte, das Bewusstsein von Babys sei in diesem Stadium noch nicht genug ausgebildet, um eine Abneigung gegenüber Austern zu entwickeln.

Am Anfang ist man nichts als ein Blutsauger, der

Körperflüssigkeiten in sich aufnimmt. Ich weiß, jeder hat so angefangen, aber das macht es nicht unbedingt tröstlicher. Ich erinnere mich noch genau an meinen Ekel, als ich erfuhr, wie Babys gemacht werden und wo sie herauskommen. Ich fand das viel verstörender als Sex, wahrscheinlich, weil Sex eine freiwillige Angelegenheit ist – ob ich hingegen meinen ersten Blick auf die Welt aus der Vagina meiner Mutter heraus werfen wollte, hatte ich mir nicht aussuchen dürfen.

Wahrscheinlich wird man zukünftig versuchen, weltweit die Menge an Flüssigkeiten möglichst gering zu halten, denn Flüssigkeiten sind immer unhygienisch. Flüssigkeiten sind Schlamm, Öl, Säure und Blut. Feste Stoffe sind Metall, Holz, Plastik und Stein. Aids wird über Blut und Sperma übertragen, Malaria über die Körperflüssigkeit einer Mücke, Cholera über Urin, Bakterien vermehren sich im Schlamm wie verrückt. An Beton hat sich noch niemand angesteckt. Irgendwann wird es nur noch Milchpulver und trockenen Schmutz geben. Es wird sicher nicht leicht, Blut und Wasser zu eliminieren, aber die kann man wenigstens noch halbwegs kontrollieren. Babys werden in Styroporboxen heranwachsen und mit Kalziumpulver und künstlich erzeugtem genetischem Protein gefüttert, damit sie nicht mehr von Anfang an die Fehler anderer Menschen in sich tragen. Sie werden nicht mehr betrunken auf dem Küchentisch gezeugt, denn die Wissenschaft wird Sperma abschaffen und Sex zu einer trockenen Angelegenheit machen, und Alkohol wird es auch nicht mehr geben. Flüssigkeiten sind am Ende auch nichts anderes als feste Stoffe. In den Außenbezirken irgendeiner Stadt wird eine Fabrik stehen, wo Flüssigkeiten aufbewahrt oder in feste Stoffe umgewandelt werden. Ohne Flüssigkeiten wären alle Menschen unschuldig, aber schön klingt es auch nicht gerade – trockener Sex, trockene Babys, trockene Erde.

11

Orangen

Rocco hat mir verboten, Mum und Dad wenigstens eine Postkarte aus unserem neuen Zuhause in Paris zu schicken. Er liegt neben mir auf dem Bett und schläft, wirft sich hin und her, schwitzt in die pudrigen Laken. Sein Bein hat sich in der Decke verfangen, es ist bestimmt unbequem, aber ich lasse es so, ich würde ihn sonst bestimmt wecken. Es macht ihn nervös, wenn ich schreibe, weil er weiß, dass ich über ihn schreibe und über das, was er getan hat. Doch ich bin mir sicher, er hat es noch nicht gelesen. Er weiß, wenn er das jemals tut, bin ich weg. Das will er nicht noch mal riskieren. Ich liebe ihn so sehr, mehr als jeden anderen Menschen, und ich habe so gut wie alles für ihn aufgegeben. Trotzdem, wenn er das hier jemals lesen würde, hätte ich innerhalb von Sekunden meine Sachen gepackt und wäre weg. Eigentlich noch schneller, ich habe nämlich gar keine Sachen, die ich packen könnte. Ich habe nur meine Notizbücher, meinen Pass und die Hälfte vom Geld mitzunehmen. Aber so weit ist es noch nicht. Wir teilen uns immer noch ein Zimmer und streiten uns manchmal, aber wir reden nie darüber, was passiert ist, und bald wird er sagen, es ist Zeit, in eine andere Stadt zu ziehen, eine neue Wohnung zu suchen, wie zwei verrückte Hutmacher.

Ohne Mum wurde es zu Hause immer schmuddliger. Als Dad zum ersten Mal Grippe bekam, war unser Haus so sauber, wie ich es noch nie gesehen hatte. Auf dem Küchentisch befanden sich nur die gelben Platzdeckchen, genau an den vier Stühlen ausgerichtet. Die ganzen zwei Wochen stand eine Obstschale in der Mitte des Tischs, die täglich mit Äpfeln, Kiwis und Orangen aufgefüllt wurde. Mum mochte Orangen und schälte sie immer auf die gleiche Art, sie schnitt sie zuerst durch und löste dann die Segmente aus ihrer bernsteinfarbenen Schale. Alles wirkte so lebendig im Haus, hell und kühl.

»Hallo, Mum.« Ich betrat die blitzblanke Küche und stellte meine Schultasche neben den weißen Kühlschrank, der leise summte. »Wie geht's Dad?« Ich zog mir den Pullover meiner Schuluniform aus und band ihn mir um die Hüften. Ich war dreizehn.

Sie steckte sich eine Orangenspalte in den Mund und zuckte mit den Schultern. Die Haare hatte sie sich ordentlich hochgesteckt, es hing keine lose Strähne heraus.

»Der ist bald wieder gesund«, sagte sie und lächelte. Sie hatte ein umwerfendes Lächeln. »Wie war's in der Schule?«

Ich warf einen Blick in den vollen und ordentlich eingeräumten Kühlschrank, nahm mir eine weiße beschriftete Dose mit Nudelsalat und aß ihn im Stehen mit den Fingern. »Nimm doch eine Gabel, Isabel«, sagte Mum, aber ich reagierte nicht, aß einfach weiter mit den Fingern im Stehen.

»Schule war okay.«

»Wo ist Rocco?« Sie wischte sich die klebrigen Finger

an einer weißen Papierserviette ab. Ich zuckte nur mit den Schultern, weil er nachsitzen musste und sie sich damals noch Sorgen um so was machte. Deshalb erzählten wir ihr nie, wenn wir Ärger hatten. Später fragte sie nicht mehr nach, es war nicht mehr wichtig. Manchmal überlege ich, ob die beiden einfach ausgeblendet haben, was wir so trieben, so wie wir bei ihnen.

»Schläft Dad?«

»Ja, endlich.«

»Was hat er denn eigentlich?«

»Grippe«, antwortete sie knapp.

Ich hatte den Nudelsalat aufgegessen und wischte mit den Fingern die Dose aus. Ich weiß noch genau, wie gut und sauber es in der Küche roch. »Ich glaube, ich wurde mal in der Schule gegen Grippe geimpft. Heißt das, dass ich mich nicht bei Dad anstecken kann?«

»Ja. Aber du solltest dennoch nicht zu ihm reingehen. Nur zur Sicherheit. Impfungen bieten auch keinen hundertprozentigen Schutz.«

»Aber er sollte sich trotzdem mal impfen lassen.«

»Er wird eben schnell krank. Weißt du noch, als er sich in Malta das Bein gebrochen hatte?« Ich nickte heftig. »Es hat sich herausgestellt, dass er dabei so viel Blut verloren hatte, dass er eine Blutkonserve brauchte. Er hat sich wahrscheinlich geprügelt.«

»Echt? Dad hat sich geprügelt?«

»Na ja, ich kann mir nicht vorstellen, wie man sich beim Hinfallen so verletzen konnte.«

»Das ist ewig her.«

»Ich weiß«, sagte sie.

Ich hatte den Eindruck, dass ich sie langsam mit meinen Fragen nervte. Ich drückte den Deckel auf die Dose und stellte sie zurück in den Kühlschrank, in dem sich eine Unmenge an Lebensmitteln befand, große Käsestücke, Schokoladentafeln, Stangensellerie, zwei Hühnchen in Plastikfolie, zwei Milchflaschen, eine ungeöffnete Packung Orangensaft.

»Stell die Dose doch nicht zurück, wenn sie leer ist«, sagte Mum lachend. Sie wickelte die Orangenschalendreiecke in ihre Serviette und warf sie in den Mülleimer. Ich holte die Dose gehorsam wieder aus dem Kühlschrank und stellte sie auf den Tisch. Mum spülte ihren Teller ab und hielt ihn mir hin, damit ich ihn zusammen mit der Nudelsalatdose in den Geschirrspüler räumen konnte. Die Maschine war voll.

»Das ist alles sauber«, sagte ich und sah zu ihr hoch.

»Allerdings«, gab sie fröhlich zurück, nahm mir das Geschirr ab und stellte es neben die Spüle.

»Ich habe heute eine Eins in Englisch bekommen, für einen Essay.«

»Worum ging's denn?«

»Um ein Theaterstück.«

»Geht das auch ein bisschen genauer?« Sie lachte wieder.

»Othello«, antwortete ich. Sie sah nachdenklich aus, überlegte anscheinend, ob sie es gelesen hatte.

»Shakespeare«, fügte ich hinzu und kramte in meiner Tasche nach dem Essay, um ihn ihr zu zeigen. »Rocco hat mir geholfen.«

Bevor die Traurigkeit Mum völlig einnahm, hatte sie

eine kleine Kiste, in der sie Dinge von Rocco und mir aufhob, Bilder, die wir gemalt hatten, Zeugnisse. Sie liebte uns, auch wenn wir nicht die perfekten kleinen Kinder geworden waren, die sie gern gehabt hätte. Anfangs liebte sie alles, unser Haus machte sie glücklich, und sie sorgte dafür, dass immer alles perfekt aussah, die Tatsache, dass sie und Dad einen eigenen Laden hatten, machte sie glücklich, und sie sagte oft voller Stolz, dass sie einfach einen Tag freinehmen und mit uns in den Zoo gehen oder übers Wochenende wegfahren konnten, weil sie ihre eigenen Chefs waren. Es machte sie glücklich, wenn Rocco oder ich irgendwas gut konnten oder etwas Schlaues gesagt hatten, und sie zeigte Dad immer stolz unsere Werke. »Sie muss wirklich gute Gene haben«, hörte ich sie einmal lachend zu Dad sagen. Die beiden saßen am Küchentisch, Mum auf Dads Schoß, und sie zeigte ihm ein Diktat, in dem ich eine gute Note bekommen hatte. Am glücklichsten machte sie aber Dad, ihn liebte sie am meisten.

Als wir älter wurden, wurde aus uns vieren immer mehr sie gegen uns. Mum und Dad hatten ihre Geheimnisse, wir hatten unsere. Sie stritten sich, sie machten Fehler, wir sahen zu, wir hörten zu, wir kamen ihnen nicht zu Hilfe. Dad wurde immer öfter krank, Mum blieb immer öfter den Tag über im Bademantel und sah fern. Sie gingen nicht mehr zusammen einkaufen, Mum saß nicht mehr auf Dads Schoß und las ihm die guten Noten aus unseren Zeugnissen vor, sie wurden nicht mehr böse bei schlechten Noten. Nach einer Weile überflogen sie unsere Zeugnisse nur noch nebenbei, weil meistens gerade etwas viel Dramatischeres in ihrem Leben passierte, und etwa mit fünfzehn habe ich aufgehört, sie ihnen überhaupt noch zu zeigen. Die Kiste mit unseren Erfolgen und Fotos stand immer noch bei ihnen im Schlafzimmer, aber Mum tat nichts Neues mehr hinein und sah sich auch die alten Sachen darin nicht mehr an.

»Ich mach dann mal Hausaufgaben«, sagte ich.

»Alles klar. Weck deinen Vater nicht.«

Ich nahm meine Tasche über eine Schulter und ging die Treppe hinauf. Oben angekommen, blieb ich einen Moment vor ihrer Schlafzimmertür stehen und horchte, ob Dad wach war. Ich drückte das Ohr fest gegen die Tür, konnte aber nichts hören außer dem leisen Rascheln der Vorhänge und Dads schwerem Atem. Ich war neugierig, weil wir schon seit einer Woche nicht mehr zu ihm hineindurften, wir hatten die beiden lediglich unter uns streiten gehört. Ich stellte meine Schultasche auf dem Treppenabsatz ab und griff nach dem Türknauf. Einen Moment lang hielt ich ihn nur in der Hand, dann drehte ich vorsichtig daran. Das glatte Metall passte perfekt in meine Hand. Die Tür öffnete sich mit einem Knarren.

Drinnen war die Luft trocken, und es war dunkel, als würden unzählige Lagen grauer Moskitonetze von der Decke hängen. Trotz der geöffneten Fenster roch es nach Marihuana und Zigarettenrauch. Meine Beine fühlten sich fremd und viel zu lang an. Ich stand in der Tür und betrachtete meinen nackten Vater, der auf dem Bett ausgestreckt lag, die Decke zusammengeknüllt neben sich, die Augen geschlossen. Seine Haut glänzte, sein Haar war dünn, seine Wangenknochen warfen Schatten auf das verschwitzte Kopfkissen. Ich stand einen Moment wie versteinert und starrte ihn nur an, dann regte er sich plötzlich und warf, ohne die Augen zu öffnen, sein Kissen aus dem Bett. Ich erschrak und schloss schnell wieder die Tür hinter mir, lehnte mich draußen kurz dagegen, um wieder zu Atem zu kommen. Mir war warm in meiner Schulstrumpfhose und der engen Bluse. Ich lauschte und hörte zum Glück weiter das schwere, gleichmäßige Atmen in der Stille. Unten räumte Mum den Geschirrspüler aus, die Teller klapperten, als sie den Stapel in den Schrank stellte. Dann hörte ich Roccos Schlüssel in der Wohnungstür. Er ging durch den Flur, sagte Mum hallo und kam herauf. Ich umarmte ihn lange zur Begrüßung.

»Was ist denn los?«, fragte er leise, weil ich den Finger auf den Mund gelegt hatte, um ihm zu sagen, dass Dad schlief.

»Keine Ahnung«, flüsterte ich zurück. Meine Hand fest in seiner, gingen wir in unser Zimmer. An diesem Abend wachte Dad bei Anbruch der Dunkelheit auf, und unsere Eltern hatten Streit. Dad klang ärgerlich und verwirrt, und Mum versuchte offenbar, ihn zurück ins Bett zu bringen.

»Es tut mir leid«, hörten wir ihn mehrmals sagen, laut und deutlich, »es tut mir so leid«, aber der Rest war zu leise. Als sie lauter wurden, stellten Rocco und ich das Radio an und tanzten zur Musik, als würden wir unter Wasser schwimmen, als würden wir nicht hören und verstehen können, was da draußen außerhalb der Wellen aus Text und Schlagzeug geschah. Wir trugen unsere

Mückenmasken und hüpften auf dem Bett, wetteten, wer höher springen konnte, ohne herunterzufallen, und ignorierten, als Dad das Haus verließ und Mum schrie, er solle zurückkommen. Wir ignorierten auch, dass Mum ihm auf die Straße hinterherlief und weinte. Als wir am nächsten Morgen aufwachten, saß sie im Bademantel in der Küche, die mittlerweile nicht mehr ganz so peinlich sauber war, aß langsam Cornflakes und sah fern. Wir fragten sie nicht, was passiert war.

Ein paar Wochen später lagen sie nebeneinander im Bett und schliefen, als wir von der Schule nach Hause kamen. Rocco und ich standen in der Tür und sahen zu, wie sich ihre Brustkörbe hoben und senkten, die Gesichter tränennass, und ihre Haut weiß wie Kalk.

Nachdem sich Jackson von mir getrennt hatte, redete er eine Woche lang kein Wort mit mir und benahm sich absolut unmöglich. Als ich versuchte, mit ihm allein zu sprechen, war es ihm anscheinend peinlich, und er drehte mir den Rücken zu. Ich erzählte seinem Rücken ein paar Minuten lang, dass er sich unmöglich benahm und alles gar nicht so war, wie er dachte, aber irgendwann hatte ich es satt und gab auf. Ich ging demonstrativ beleidigt weg, und die Mädchen aus meiner Klasse scharten sich um mich und sagten, ich hätte sowieso was Besseres verdient und dass er auch gar nicht so gut aussah, wie immer alle behaupteten.

Dann kam ich am Donnerstagmorgen in den Klassenraum, und alle hörten schlagartig auf zu reden. Ich sah mich um und dann an mir hinunter. Mein Rock hatte sich nicht in meiner Unterwäsche verfangen, ich hatte keine Laufmasche in der Strumpfhose, mit meinem Oberteil war auch alles in Ordnung. Ich hatte mich nicht geschminkt, also konnte da nichts verschmiert sein, und meine Haare lagen glatt auf meinem Rücken.

»Ist was?«, fragte ich herausfordernd. Sofort widmeten sich alle wieder halbherzig ihren Gesprächen. Ich setzte mich. Zwei Jungs neben mir unterdrückten ein Lachen. Ich wurde rot, und sie verließen den Raum. Ein anderer, ein stiller, strebsamer Brillenträger, senkte schnell den Blick. Zwei Mädchen sahen mich mitleidig an, aber auch irgendwie misstrauisch, fast angeekelt.

»Hast du mitbekommen, was Jackson erzählt?«, fragte die eine. Sie war ein zierliches, solariumgebräuntes Mädchen mit mausbraunen Augen, spitzem Kinn und spitzer Nase. Ihre makellos manikürten Fingernägel waren babyrosa lackiert, der gleiche Ton wie ihr Lidschatten. Sie schlug nervös die Beine übereinander, öffnete sie, schlug sie wieder übereinander und setzte sich auf ihre Hände. Dann zog sie die Hände unter ihren Oberschenkeln hervor und strich sich die kurzen braunen Haare hinter die Ohren.

»Nein, bin ja gerade erst gekommen«, sagte ich ernst. Einen Moment lang war es sehr still in der Klasse, weil alle mithören wollten. Ich sah das Mädchen fragend an und öffnete erwartungsvoll meine verschwitzten Fäuste. »Was hat er denn gesagt?«

»Er hat gesagt, dass du und dein Bruder … ähm …« Mit einem Gesichtsausdruck, als hätte sie gerade saure Milch getrunken, drehte sie den Kopf weg. Ich sah mich verunsichert im Raum um. Alle starrten mich an. Ich war am Boden zerstört und wünschte mich weit, weit weg. »Hat er irgendeinen Beweis dafür? Oder erzählt er einfach rum, was ihm gerade einfällt, nur um mir eins auszuwischen?« Das Bedürfnis, jemandem eine reinzuhauen, war so stark, dass sich meine Hand fast von selbst zur Faust ballte. Ich atmete tief ein und aus und konzentrierte mich darauf, ruhig und vernünftig zu bleiben. Das glaubt dem doch sowieso keiner, sagte ich mir, während mir das Adrenalin durch die Adern jagte und mich angriffslustig machte.

Das Mädchen stand auf und flüsterte mir ins Ohr, ihr Kinn berührte fast meine Schulter: »Er hat gesagt, als ihr das erste Mal …« Sie räusperte sich. »Also, als du das erste Mal mit ihm, ähm, geschlafen hast, da hast du gesagt, dass du noch Jungfrau bist.«

»War ich auch.«

»Klar, alle wissen ja, dass du vor Jackson noch niemanden hattest, aber er sagt, da war kein Blut.«

Das Mädchen setzte sich auf ihren Tisch und lehnte sich gegen die Schließfächer dahinter, saß dort wie ein Vogel im Nest. »Natürlich glauben wir dir mehr als Jackson, aber wenn du vor Jackson noch Jungfrau warst, dann hätte da doch Blut sein müssen. Roccos Exfreundin meint, Rocco hätte ihr erzählt, dass er auf dich steht, und dass die beiden sich deshalb getrennt haben. Das ist doch total krank.«

»Da war aber Blut«, sagte ich schwach. Mir war schlecht. Inzwischen hatte sich der Klassenraum gefüllt, und alle warfen uns verstohlene Blicke zu.

»Er sagt, da war ganz bestimmt keins.«

»Du glaubst ihm also doch mehr als mir«, sagte ich und sah sie kalt an. Ich spielte mit meinem Schuh, zog ihn aus und wieder an.

»Er hat auch gesagt, dass er gesehen hat, wie du Rocco geküsst hast, und dass er deshalb Schluss gemacht hat.«

»Rocco und ich haben uns gestritten.« Beim Gedanken an unseren bescheuerten Streit wegen der Zigarette musste ich lachen. Ich lehnte den Kopf gegen ein Schließfach.

»Na, ich weiß ja nicht«, sagte sie. Ich bekam auf einmal keine Luft mehr und ging hinaus. Sofort bestürmten alle das Mädchen mit Fragen, obwohl ich noch in Hörweite war. Das Wort »ekelhaft« fiel ein paarmal, und ich musste mich fast übergeben. Das Klacken meiner Schuhe auf dem Beton klang mir in den Ohren, meine Haare schwangen über meiner Wirbelsäule hin und her. Ich ging schnurstracks in das kleine Backsteinzimmer der Schulkrankenschwester und sagte ihr mit matter Stimme, dass ich mich nicht wohl fühlte und nach Hause wollte. Mir war wirklich schlecht, denn es stimmte nicht, was sie sich erzählten. Ich hatte nicht mit Rocco geschlafen.

Die Krankenschwester hatte ein freundliches Gesicht, ein wenig zottige, graue Haare und warme, grüne Augen, die tief in ihrem runzligen Gesicht lagen. Sie kümmerte sich sofort fürsorglich um mich und bot an, meine Eltern anzurufen. Ich schüttelte nur den Kopf. Sie maß meine Temperatur, die leicht erhöht war, und schickte mich nach Hause.

»Und komm ja nicht wieder, bis du gesund bist,

Madame!«, rief sie mir fröhlich nach. Ich hatte nicht vor, jemals wiederzukommen. Als ich an diesem Tag die Schule verließ, ist etwas in meinem Inneren kaputtgegangen.

Rocco saß im Schein der Straßenlaternen im Wohnzimmer. Die Glühbirnen waren alle durchgebrannt. Es roch nach der Erde von Mums toten Topfpflanzen. Er hatte die vier Zinnsoldaten vor sich auf dem Couchtisch aufgestellt, trank Kaffee und fuhr mit dem Finger die Straßen auf der Karte von London nach, die er auf den Knien hatte. Auf einmal wich jegliche Kraft aus mir, und ich fing an zu weinen. Rocco sah hoch und stand so schnell auf, dass dabei seine Kaffeetasse zu Boden fiel.

»Ist was passiert?« Er hielt mich erschrocken an den zuckenden Schultern fest. »Wein doch nicht, Izzie«, sagte er beschwörend, »ich hab auch ein Geschenk für dich!« Ich setzte mich auf das Sofa und zog die Knie an mich heran wie ein kleines Kind. Vom Schluchzen tat mir schon der Hals weh. Ich hob Roccos Kaffeetasse auf und warf sie gegen den Kaminsims, wo sie zerbrach. Rocco sah mich überrascht an. Wütend schlug ich auf ein Sofakissen ein.

»Man könnte fast meinen, dir geht es nicht gut«, zog er mich auf und strich mir die Haare aus dem feuchten, salzigen Gesicht. Sein Daumen rieb hart über meine Wange. Es fühlte sich tröstlich an auf meiner heißen Haut. Ich versuchte, wieder zu Atem zu kommen. Er ging in die Küche und kam mit den Händen hinter dem Rücken wieder.

»Ich hab dir eine Maus aus dem Laden mitgebracht.«

Er grinste und stellte einen kleinen Käfig auf den Couchtisch. In der Ecke schlief eine winzige weiße Maus auf einem Hügel aus Sägespänen.

Ich zwang mich zu einem Lächeln. Meine Lippen fühlten sich an wie Muskeln nach dem Sport, schmerzhaft und unwillig, sich zu strecken. Er öffnete den Käfig, holte den kleinen Albinopuschel heraus und legte ihn mir in den Schoß. Die Maus wachte auf und sah verängstigt aus. Ich nahm sie vorsichtig hoch.

»Wie heißt sie denn?«

»Da überlegen wir uns noch was«, sagte Rocco. »Gefällt sie dir?«

»Na klar!« Ich lächelte, diesmal schon bereitwilliger. Während ich sie streichelte, knabberte die Maus an meinem T-Shirt.

Ich sah auf Roccos Wanderstiefel hinunter, die er mit einem Doppelknoten verschnürt hatte. Er war in die Kaffeepfütze getreten, und seine Schuhe hatten Abdrücke auf dem Boden hinterlassen. Es waren sehr alte Wanderstiefel, vom Alter und vom Staub ganz grau. Seine schwarze Hose war unten ausgefranst, nur sein Ledergürtel mit den Nieten sah solide aus. Langsam beruhigte sich mein Atem, obwohl ich immer noch diese saure Übelkeit spürte und in meinem Bauch ein adrenalingefüllter Ballon abwechselnd aufstieg und sank, den ich gern zum Platzen gebracht hätte. Ich saß da und betrachtete Rocco aus nassen Augen. Sein Gesicht leuchtete vor Tatendrang.

12

Maus

»Was meinst du eigentlich, wo Mum und Dad hingefahren sind?«, fragte ich Rocco. Wir saßen auf unserem Balkon und sahen auf Camden hinunter, ich streichelte die Maus.

»Das weiß ich genauso wenig wie du.« Rocco drehte sich weg von mir.

»Ich glaube, die Feen …«, begann ich in einem feierlichen Ton und tat so, als hätte ich Roccos Reaktion nicht bemerkt, »… die Feen langweilen sich langsam in Cornwall und Irland, und deshalb dringen sie jetzt in die Städte vor.«

»Dann sollten wir vielleicht Salz um das Haus streuen«, schlug Rocco vor. »Feen mögen kein Salz, glaube ich.«

»Zigarettenasche und uraltes Essen vom Chinesen reichen bestimmt schon, um sie fernzuhalten.« Eine Taube ordnete vor uns ihr Gefieder, ging mit dem Schnabel über jede einzelne Feder um ihren schmutzigen schwarzen Hals und sah Rocco zu, wie er meine Hand nahm.

»Mal ehrlich, Rocco, weißt du, wieso sie weg sind?«

Rocco wirkte plötzlich traurig, blickte hinunter auf den Boden und dann hoch in den Himmel. Ich versuchte in seinen Augen und der Art, wie er den Mund verzog, seine Gedanken zu erkennen, aber sein Blick war leer. Ich schauderte, als er mir über den Nacken strich, seine Fingerspitzen meine Schulter hinabwandern ließ. Ich fragte mich, ob er Bescheid wusste, ob ein bestimmter Verdacht in seinem Kopf herumspukte, den er aber einfach nicht genau benennen konnte. Ob er vielleicht eine Ahnung hatte und nicht wollte, dass ich es auch herausfand.

Er streichelte meinen Hals, die Stelle genau unter meinem Ohr, so sanft, dass ich es kaum spürte. Ich drehte mich von ihm weg, schob seine Hand von meiner Schulter. Die Taube stand am Dachrand und sah mit ihren grünen Augen auf uns herunter. Auf dem Metallboden des Balkons klebte noch Roccos Blut, kleine Spritzer, wie Taubendreck.

»Meinst du, es hat was mit dem Laden zu tun?«, fragte ich.

»Inwiefern?«

»Keine Ahnung, halt irgendwelche Probleme.« Ich beugte mich aufgeregt vor. »Oder vielleicht hat es auch was mit den Gewehren zu tun.«

»Glaube ich nicht, es ist bestimmt gar nichts passiert«, sagte er.

Ich beobachtete die Taube, die nun auf dem Dach hin und her stolzierte und sich die Federn putzte, als würde ihr die Welt gehören. Ein hochgewachsener Mann kam die Straße hinauf und auf unser Haus zu.

»Weißt du noch, wie wir die Tabletten mit den langen Namen auf dem Küchentisch gefunden haben?«

»Nicht mehr so richtig, nein«, sagte er, und man

merkte, dass ihm das Thema unangenehm war. »Außerdem haben die meisten Medikamente lange Namen.«

Am liebsten hätte ich Paris einfach ausgelöscht, als wäre es lediglich das kitschige Ölgemälde einer Stadt. Wenn möglich, gehe ich auf jeden Fall irgendwann nach London zurück, denn dort hat ein bedeutender Teil meines Lebens stattgefunden. Rocco gibt oft Städten die Schuld an den Dingen, die passieren, als wären sie Maschinen, die kaputtgegangen sind. Er spricht »London« so voller Verachtung aus wie andere das Wort »Mord« oder »Bombe«. Ich gebe oft dem Wissen die Schuld, was vielleicht genauso irrational ist.

Ich weiß noch genau, wie Dad Rocco und mich aufgeklärt hat. Ich war sieben, Rocco neun. Die Szene ist mir deshalb noch so gut in Erinnerung, weil ich mit einer viel schockierenderen Erklärung für das wilde Stöhnen gerechnet hatte, das abends oft aus Mums und Dads Schlafzimmer zu hören war. Es hätte mich wirklich nicht überrascht zu erfahren, dass sie jede Nacht versuchten, einander umzubringen. Was tatsächlich passierte, erschien mir dagegen harmlos, obwohl Dad ein Riesendrama darum machte.

Eines Abends platzte er regelrecht in unser Dachzimmer hinein, hochrot im Gesicht und mit Schweiß auf der Stirn. Er trug nicht wie sonst sein Tweedjackett, und sein weißes Hemd hatte eklige feuchte Flecken unter den Armen. Ich saß in einer Ecke und spielte still mit meinen Puppen, und weil Dad es so eilig hatte, das Gespräch hinter sich zu bringen, bemerkte er mich nicht gleich. Er baute sich schwer vor Roccos Bett auf. Ich sah dem Männlichkeitsritual interessiert zu. Dad hatte die Arme fest vor dem Körper verschränkt und erklärte unter Zuhilfenahme von Mechanikerausdrücken, woher die Babys kommen – als wären menschliche Körper komplizierte Apparate, die man mit Hilfe einer Bedienungsanleitung zusammenschrauben musste.

Danach landete sein flatternder Blick plötzlich auf mir. Er fuhr zusammen.

»Ach du meine Güte«, rief er. »Wieso hast du mir denn nicht gesagt, dass sie auch da ist?« Er sah erst Rocco, dann mich vorwurfsvoll an. Wir zuckten mit den Schultern und grinsten uns an. »Das hättest du gar nicht hören sollen«, sagte Dad zu mir. »Du bist noch viel zu jung, um so was zu wissen. Eure Mutter bringt mich um.«

Roccos Augen vertieften sich wieder in sein Buch, Dads Erklärungen interessierten ihn nicht.

»Ich hab dich da nicht gesehen«, fuhr Dad fast weinerlich fort. Er wischte sich den Schweiß von seiner hohen Stirn. »Ihr zwei seid mir vielleicht ein paar verschlagene Kinder.« Er ging aus dem Zimmer, zurück zu der Geborgenheit von Mums großem, warmem Körper und ihrem breiten angemalten Mund.

Wissen hat einen großen Anteil daran, unsere Unschuld zu vergiften. Auf Fotos von früher habe ich immer diesen leeren, unschuldigen Ausdruck. Als würde ich ins All starren oder etwas sehr Interessantes beobachten, das sich in großer Entfernung abspielt. Wenn man die wenigen Bilder, die Mum und Dad von mir gemacht haben, in chronologischer Reihenfolge betrachtet, kann man fast zusehen, wie die Unschuld aus meinen Augen verschwindet und sich stattdessen Wissen darin anhäuft wie Schlamm. Je mehr man weiß, desto deutlicher geht einem auf, dass die Welt wahrhaftig kein schöner Ort ist.

Es gibt ein Foto von mir, auf dem ich mit etwa vierzehn auf einem Holzstuhl in Mums und Dads Schlafzimmer sitze. Mum kämmt mir die langen Haare und hält die seidigen Strähnen hinter meinem Kopf in der Hand zusammen. Mein Gesicht ist voller Schminke. Ich habe Rouge auf den Wangen, meine Lippen sind angemalt, meine Augen dünn mit Kajalstift umrahmt und meine Sommersprossen mit einer Grundierung überdeckt, die etwas dunkler als mein natürlicher Hautton ist, so dass man den Übergang zwischen Gesicht und Hals deutlich sehen kann. Ich trage einen Rüschenrock mit Blumenmuster, meine Hände liegen sittsam im Schoß, und ich sehe erwartungsvoll, aber unglücklich aus. Ich wollte an diesem Abend das erste Mal in die Disco gehen, und Mum hatte angeboten, mir beim Hübschmachen zu helfen. Sobald sie mich berührte, bereute ich jedoch, das Angebot angenommen zu haben. Die Grundierung juckte, die Mascara fühlte sich schwer an, und vom Puder tränten mir die Augen. Eigentlich wollte Mum mich fahren, doch sie musste sich um Dad kümmern. Rocco war angewidert von meinem Gesicht und zwang mich vor dem vergoldeten Spiegel im Wohnzimmer, die Schminke wieder zu entfernen. Er stand mit entschlossener Miene hinter mir, während ich angestrengt an meinem Gesicht herumwischte, damit jedoch nichts weiter erreichte, als das Make-up zu verschmieren. Ich fing an zu weinen, die

Tränen hinterließen Spuren in der dicken Farbe, und mein Bruder küsste mich auf die Stirn.

Unten hämmerte es an unsere Tür. Rocco und ich bewegten uns nicht. Es klopfte weiter. Wir blieben reglos sitzen und sahen der Taube zu.

»Ich geh schon«, sagte Rocco.

»Mach lieber nicht auf!«, sagte ich, aber Rocco lächelte nur und kletterte durch das Fenster zurück ins Zimmer.

»Mein Gott«, stöhnte Rocco auf dem Weg durch den Flur zur Haustür. »Schon mal was von Klingeln gehört?«, sagte er ein bisschen lauter, damit man es draußen hörte. Das Klopfen war mittlerweile so heftig, dass die Tür wackelte.

»Warte, Rocco, mach nicht auf!«, rief ich ängstlich. Ich stand oben an der Treppe und trat nervös von einem Fuß auf den anderen. Rocco legte die Kette vor und öffnete vorsichtig die Tür.

»Ja bitte?«

Es war der Mann, den wir die Straße hatten heraufkommen sehen.

»Das Antiquitätengeschäft ist im Moment geschlossen«, ließ Rocco ihn wissen, bevor der etwas sagen konnte. »Falls Sie deshalb hier sind.«

Als er die Tür schließen wollte, drückte der Mann von außen dagegen. »Sobald wir unser Geld haben, lassen wir euch in Ruhe«, rief er und hämmerte weiter gegen die Tür. Seine Stimme klang ganz ausgetrocknet, so wie man sich die Stimme von einem Esel vorstellt, wenn er sprechen könnte.

»Wir haben aber kein Geld«, brüllte Rocco zurück. »Sucht doch unsere Eltern, die sollen bitte auch gleich noch die Gasrechnung bezahlen, wenn sie schon mal dabei sind.«

Dann saßen wir schweigend in unserem Dachzimmer, bis das Klopfen unten verstummte. Das Geld wurde langsam ein Problem, über das wir jedoch nicht redeten. Auf Roccos Wangen glühten Mohnblüten. Ich legte mich auf mein Bett.

13
Ballett

Eines Abends, es wurde gerade dunkel, aßen Rocco und ich auf dem Dach eines benachbarten Hauses Brot und Käse zum Abendbrot. Wir befanden uns im Revier der humpelnden Taube, die uns aus den Schatten heraus böse anstarrte. Unsere Nachbarn hatten anscheinend Gäste, wir hatten sie durch die Wände hören können.

Es war ziemlich einfach, zu ihnen hinüberzuklettern. Bei Rocco sah das sehr elegant aus, er stand mit einem Bein auf unserem Balkon, mit dem anderen auf ihrem, hielt sich an der Regenrinne fest und zog sich langsam rüber. Als er auf dem Nachbarbalkon ankam, erschreckte sich die Taube, flog hoch in den Himmel und schwebte dort eine Weile in der Luft, ging im haferflockenfarbenen Winterhimmel auf wie ein Wolkenfetzen. Ich reichte Rocco die Einkaufstüte mit dem billigen Champagner und dem Essen rüber, und er stellte sie auf den Boden.

»Sind sie da drin?«, flüsterte ich ihm zu. Er schüttelte den Kopf. »Was, wenn die uns erwischen?«

»Niemand wird mich fangen und einen Mann aus mir machen! Ich will ein kleiner Junge bleiben und lustig sein«, zitierte Rocco.

»Als Erwachsener machst du dich auch echt nicht gut. Aber als Kind wärst du phantastisch.«

»Ich nehm das mal als Kompliment«, sagte Rocco und half mir über die Kluft zwischen den beiden Häusern. Wir hielten uns an der Regenrinne fest und kletterten das steile Dach hinauf.

Früher gingen Rocco und ich zum Ballettunterricht. Mum fuhr uns jeden Samstagmorgen dorthin. Er fand in einem spartanisch eingerichteten, fast leeren kleinen Raum im Jugendzentrum statt, der Fußboden war schmutzig, und an allen vier Wänden hingen trübe Spiegel. Rocco war der einzige Junge in der Ballettstunde. Zuerst hasste er es regelrecht, aber er hatte ein viel besseres Körpergefühl als ich – was er auch tat, bei ihm sah es immer viel eleganter aus als bei mir. Irgendwann wurde er aus dem Kurs geworfen, weil er sich nach der Stunde mit einem anderen Jungen aus dem Jugendzentrum geprügelt und ihm dabei den Kiefer gebrochen hatte. Rocco war zwar erst neun, aber schon ziemlich gewalttätig.

Nach der Ballettstunde ging die gesamte Gruppe immer in den Speisesaal, wo wir Orangen und Kekse bekamen. Rocco machte das Tanzen zwar mittlerweile Spaß, aber er kam nicht mit den anderen Kindern zurecht. Im Jugendzentrum wurde nicht nur Ballett angeboten, die meisten Jungs dort spielten Fußball oder Rugby, und manchmal versuchten sie, Rocco zu ärgern. Sie nannten ihn Homo oder Dichter. Meistens warf Rocco ihnen dann nur einen gelangweilten Blick zu, aber einmal brüllte eine ganze Gruppe von Kindern diese Sachen vom anderen Ende des Speisesaals, und ein Junge zeigte ihm den Mittelfinger. Da rastete Rocco plötzlich völlig aus.

Völlig auszurasten ist eins dieser Dinge, bei denen man sehr aufpassen muss, ein Chaos im Kopf, das man geheim halten muss. Richtig auszurasten ist genau so wie ein Lachanfall oder Weinen oder ein Orgasmus – eine Emotion, die man nicht kontrollieren kann. Kinder machen so was, bevor sie lernen, ihre Gefühle in Bahnen zu lenken. Krieg stelle ich mir ähnlich chaotisch und intuitiv vor. Man hat keine Zeit nachzudenken, man wird nur von Wut und Adrenalin angetrieben. Als ich mich früher mit Rocco geprügelt habe, hatte ich manchmal so einen Energieschub. Harte Knie und Fingernägel und Spucke und Knöchel, die gegeneinanderreiben. Der Schmerz von seinem Knie in meinem Rücken und das Gefühl meiner Nägel, die seine Haut zerkratzten, hatten die Wirkung einer Injektion.

Rocco sagt gern dramatische Sachen. Einmal behauptete er zum Beispiel, auf uns »laste« die Schuld, die die Menschheit durch ihre »Vertreibung aus dem Garten Eden« auf sich geladen habe. Alle Probleme entstünden also aus Charakterschwäche, und es gäbe keinerlei von außen einwirkende Kräfte wie etwa das Schicksal. Manche Menschen rasten vielleicht öfter aus als andere, aber die kindliche Fähigkeit, irrational und überemotional zu reagieren, tragen wir alle in uns. Hysterisches Lachen oder Weinen hat man bis zu einem gewissen Grad unter Kontrolle, aber eben nicht vollständig.

Rocco sah ganz ruhig aus, aber ich wusste, was das bedeutete. Ich wollte ihn zurückhalten und stieß dabei mein Glas um. Der Junge war kleiner als Rocco, die Haare wie Eigelb, und er trug ein Fußballtrikot, das ihm zu groß war. Rocco hatte eine weite Hose und ein T-Shirt an; er weigerte sich, zum Tanzen andere Sachen anzuziehen. Der Fußballjunge schlug zuerst zu, woraufhin ihm Rocco einen Kinnhaken verpasste, der ihn auf die Bretter schickte.

»Rocco!«, rief ich genervt. Die anderen Kinder scharten sich um den Jungen. Rocco kam zurück zum Tisch, hob mein Saftglas vom Boden auf und stellte es vor mich hin. Ich stand auf und stemmte die Hände in die Hüften. Mir war zum Heulen zumute.

»Wieso hast du das gemacht? Jetzt dürfen wir bestimmt nicht mehr herkommen.«

»Er hat angefangen!«, verteidigte sich Rocco. Ich verdrehte altklug die Augen.

»Lass uns lieber nach Hause gehen«, sagte ich, und wir liefen aus dem Speisesaal und zum Parkplatz, wo Mum schon auf uns wartete. Wir kletterten auf den Rücksitz unseres kleinen roten Minis.

»Ballett macht mir keinen Spaß mehr«, sagte ich zu Mum, die uns Mandarinen reichte. »Wir wollen da nicht mehr hingehen!«

»Wollt ihr lieber was anderes machen?« Mum versuchte sich aus der Parklücke zu manövrieren.

»Nein, danke«, sagte Rocco.

Das war das Ende unserer Ballettkarriere, aber keiner von uns beiden trauerte ihr wirklich hinterher. Stattdessen spielten wir nach der Schule Fußball.

Rocco und ich saßen oben auf dem Dach, tranken den billigen Champagner und redeten über Mum und Dad.

»Erinnerst du dich noch an Malta?«, fragte ich.

»Ich weiß noch, wie wir im Meer geschwommen sind. Und dass sich Dad das Bein gebrochen hat.«

»Weißt du noch, als Dad uns zu Weihnachten die roten Masken geschenkt hat?«

»Wir haben sie den ganzen Tag lang getragen, und Mum ist sauer geworden«, antwortete Rocco. »Wir wollten nichts vom Truthahn essen, weil er angebrannt war, und wir haben beim Fangespielen den Weihnachtsbaum umgeworfen.«

»Weißt du noch, als wir sie das erste Mal beim Sex gehört haben?«

»Nein.«

Camden Town lag dunkel unter uns. Wir konnten die Leute in der Wohnung mit Besteck klappern und reden hören, das Ganze leise untermalt von klassischer Musik, die aus den Fenstern herausplätscherte. Wir mochten unsere Nachbarn nicht allzu sehr, sie hatten unsere Telefonnummer für Notfälle und riefen ständig bei Mum und Dad an, um sich darüber zu beschweren, dass Rocco und ich zu laut Musik hörten.

Die Taube, die immer noch am Himmel vor sich hin flatterte, wurde langsam müde und ließ sich auf dem Schornstein nieder.

»Wenn ich deine ganzen ersten Male einsammeln und in eine Flasche stecken könnte, würde ich's machen«, sagte Rocco. »Dann würde ich meine auch einfangen, und dann wären wir beide wieder kleine Kinder, die im Garten Matschkuchen backen.«

»Ich nicht«, sagte ich. »Ich würde die Erinnerungen

auch gern in einem Schraubglas aufheben, damit ich sie noch einmal erleben kann, wann immer ich will, aber ich würde mir nicht wünschen, dass es sie nie gegeben hat.«

»Du bist also echt so dumm, dass du erwachsen werden willst.« Ich hätte am liebsten mit den Fingern über Roccos gerunzelte Stirn gestrichen und sie geglättet.

»Ich mag das Adrenalin der ersten Male. Aber eine Steuererklärung möchte ich auch nie machen müssen«, antwortete ich.

»Ich glaube, es ist gar nicht so schwer, für immer Kind zu sein. Wenn wir zusammenbleiben, können wir uns einfach weiter so verhalten wie jetzt«, erwiderte Rocco und nahm einen vorsichtigen Schluck von dem säuerlichen, zu kohlesäurehaltigen Champagner.

»Ich werde bald siebzehn«, sagte ich.

»Du bist in einem Zwischenzustand. Kein Kind mehr, aber auch noch keine Frau.«

Ich betrachtete angestrengt die Dachziegel. »Du wirst bald neunzehn. Vielleicht sollten wir unsere restlichen Geburtstage ignorieren? Neunzehn ist nun wirklich zu alt, um als Kind durchzugehen.«

Wir sahen der Stadt unter uns zu und unterhielten uns noch eine Weile über das erste Mal Ausrasten, das erste Blut, erste Küsse und unsere Erinnerungen an Mum und Dad. Als die Leute in der Nachbarwohnung aufbrachen, schlüpften Rocco und ich zurück in unser Dachzimmer und gingen schlafen.

14
Dies und Das

Es dauerte nur einen Monat, bis alles an die Oberfläche stieg, als wäre es unter den Dielenbrettern unseres Hauses verborgen gewesen. Ich verbrachte ziemlich viel Zeit bei Rocco im Zoogeschäft, weil ich nicht allein zu Hause sitzen, aber auch nicht in der Schule bleiben wollte. Morgens, wenn die Namen aufgerufen wurden, ging ich meistens hin, hatte eigentlich auch vor, den ganzen Tag dazubleiben, aber mittags besuchte ich dann Rocco im Zoogeschäft und blieb einfach dort. Die Schule hasste ich sogar noch mehr als die Geräusche der Heuschrecken und die Schuppen der Eidechsen im Laden. Ich setzte mich im hinteren Teil des Ladens irgendwo hin und las, während Rocco arbeitete. Er kaufte für uns ein, verdiente ein bisschen Geld, sorgte dafür, dass wir gerade so über die Runden kamen.

»Ich hab Jackson heute gesehen«, sagte Rocco an einem Freitagnachmittag, als ich gegen drei im Laden auftauchte. Ich war länger in der Schule geblieben, als ich wollte, damit ich eine Flötenstunde nehmen konnte.

Ich sah von meinem Buch auf. »Ach ja? Hast du mit ihm gesprochen?«

Ich saß neben ein paar Terrarien mit jungen Spinnen, die im Laden gezüchtet wurden. Morgen würden sie von der Mutter getrennt werden, damit die sie nicht auffraß. Die vielen dünnen Beinchen machten mich zwar ein bisschen nervös, aber wirklich Angst vor Spinnen hatte ich nicht. Rocco setzte sich im Schneidersitz vor mich auf den staubigen Teppich.

»Ich hab hallo gesagt, und wir haben uns kurz unterhalten.«

»Über mich?«

»Ganz kurz, ja. Er hatte sich gerade mit ein paar Freunden Sandwiches gekauft.«

»Was für Freunde?«

»Weiß ich nicht mehr. Sitzt es sich gut da?«

»Traumhaft«, sagte ich eine Spur sarkastisch. Ich musste neben den Spinnen sitzen, weil das der einzige helle Fleck im Laden war. Der größte Teil war wegen der Eidechsen und Schlangen abgedunkelt. Es war ein künstliches, kaltes Licht, von dem ich Kopfschmerzen bekam und das von einem der Aquarien am anderen Ende des Raums so reflektiert wurde, dass an der Wand ein weißer Streifen zu sehen war, wie ein Riss, der in eine andere Dimension führte.

»Redet ihr miteinander, wenn ihr euch in der Schule seht?«, fragte Rocco. Ich schüttelte den Kopf und zuckte mit den Schultern. Rocco musste einen kleinen Jungen bedienen, und ich las weiter in meinem Buch und kaute an den Nägeln. Ich war sechzehn, fühlte mich aber wieder wie zehn und hatte dieses kindische, irrationale Gefühl im Bauch. Dieselbe Irrationalität, die früher aus Schatten Gespenster und aus dem Rauschen des Windes Verfolger gemacht hatte. Die Spinnen raschelten neben mir herum, bis es sechs war und ich Rocco half, den Laden zu schließen, und wir nach Hause konnten.

Unser Haus schien mit aller Macht verfallen zu wollen. Mir war nie klar gewesen, wie viel Aufwand es bedeutete, einen Haushalt zu führen. Nägel ragten aus den Dielen, den zerbrochenen Blumentopf hatten wir noch immer nicht weggeräumt, überall standen Teller mit Asche, die Spüle war voll mit Essensresten und Töpfen, der Kühlschrank leer, auf dem Boden lagen Getränkedosen und tote Soldaten verstreut. Die Fenster waren staubig und beschlagen, der Garten tot, das Haus kalt wie Stein, wir schleppten den kleinen tragbaren Heizkörper jeweils dorthin, wo wir uns gerade aufhielten. Ich hatte das Gefühl, wir würden auf einem wackeligen Floß mitten in einem riesigen, blubbernden See festsitzen. Ab und zu kam jemand vorbei, klopfte an der Tür und brachte das Floß ins Wanken. Ich verstand einfach nicht, wieso Mum nie anrief.

Als wir nach Hause kamen, machte sich die ältere Nachbarin, die ich schon einmal aus dem Haus gejagt hatte, gerade in unserer Küche zu schaffen. Ich schrie bei ihrem Anblick erschrocken auf, meine Nerven waren nicht die besten in letzter Zeit. Sie war offensichtlich eben erst gekommen und versuchte halbherzig, ein wenig Ordnung in die Küche zu bringen. Weil es bei uns im Haus fast so kalt war wie draußen, hatte sie Hut, Handschuhe, Jacke und Schal anbehalten.

»Das ist ja ekelhaft hier«, schimpfte sie, als wir eintraten. Ich wollte sie unbedingt aus dem Haus haben. Ein anderer Mensch hier drin fühlte sich irgendwie falsch an, als würde das chemische Gleichgewicht der Luft dadurch gestört.

Die Zeitungen, Briefe von der Schule, Kataloge und aufgerissenen Umschläge klebten durch verschütteten Kaffee aneinander, und wir versuchten zwar, unser benutztes Geschirr immer gleich in den Geschirrspüler zu räumen, aber die Spüle quoll trotzdem über vor Schüsseln mit steinharten Cornflakesresten. Drum herum schwappte schmutziges Wasser, in dem aufgequollene Pommes schwammen. Das Spülmittel war alle, und mittlerweile ekelten wir uns auch zu sehr, um mit dem Saubermachen überhaupt anzufangen. Wenn wir uns die Hände waschen wollten, gingen wir ins Bad. Im Kühlschrank standen Unmengen Reste von chinesischem Essen. Zwischendurch war ich ziemlich sicher gewesen, dass der Kühlschrank kaputt war, weil eine klare Flüssigkeit heraustropfte, aber Rocco roch dran und stellte fest, dass es nur aus einer kaputten Flasche 7 Up kam, die hinter der Skyline aus Takeaway-Kartons lag. Mittlerweile lebten wir größtenteils von Sandwiches.

Seltsamerweise fielen immer wieder Motten von der Zimmerdecke. Ich fing an, sie in einem Schuhkarton zu sammeln. Sie erfroren tatsächlich in der Luft und fielen schwer wie Pistolenkugeln auf den Boden. Es waren faszinierend viele, und sie waren riesig. Meine Lieblingsmotte war etwa so groß wie mein Daumen und grau mit Zickzackstreifen. Ihr Körper war mit Fell bedeckt und hatte Ähnlichkeit mit einem winzig kleinen Vogel. Die vier absurd langen, dünnen Beine lagen versteckt unter riesigen, braunen Flügeln. Ihre Unterseite war leuchtend orange, und wenn man sie berührte, fiel feiner Mottenstaub herunter. Wir hielten die Vorhänge im Haus geschlossen, um das bisschen Wärme zu halten, deshalb wurden viele Motten zwischen den eiskalten Fensterscheiben und den Vorhängen eingesperrt.

Das Chaos war perfekt, als es irgendwann auch noch einen Rohrbruch gab. Ich hatte mir angewöhnt, ausgedehnte, sehr heiße Bäder in Mums und Dads Badezimmer zu nehmen. Mum liebte Badesalz, Lavendel und Kerzen, weshalb es darin aussah wie in einem Hamam. Man konnte sich im heißen Wasser aalen und die Welt völlig vergessen. An einem Samstag stieg ich aus dem Wasser, wischte den milchigen Dunst vom Spiegel und griff mir ein Handtuch. Ich zog den Stöpsel aus der Wanne. Eine Minute später hörte ich Rufe von der Treppe. Ich wickelte mich in das Handtuch und öffnete die Tür.

»Ist was?«

»Da tropft Wasser von der Decke«, sagte Rocco.

»Wo denn?« Ich rannte hinunter. Die Decke im Flur wurde von einem grauen Riss gespalten, und der Boden war mit schaumigen Pfützen bedeckt, die das Holz dunkel färbten. Ich kicherte nervös und sah Rocco an. Es hatte den Anschein, als würde nach dem Wasser auch gleich noch der Putz runterkommen. Wir wussten nicht, was wir tun sollten, und standen eine Weile ratlos unter dem Mosaik an der Decke herum.

»Ist jetzt auch egal«, sagte Rocco.

»Scheiße, Rocco.« Ich knabberte an einem Fingernagel. »Wir machen das ganze Haus kaputt. Mum und Dad werden echt sauer sein.«

Rocco warf mir einen sarkastischen Blick zu. »Die haben mit Sicherheit ganz andere Probleme als diesen Rohrbruch.«

Ich sah ihn an. »Wie meinst du das?«

»Du musst dir deswegen jedenfalls keine Sorgen machen.« Er beendete die Unterhaltung, indem er sich umdrehte und mich stehenließ.

Ich hatte das Gefühl, im Haus müsste ein Echo zu hören sein. Rocco hatte mir aus einem Buch über griechische Mythologie vorgelesen. Echo war eine Nymphe, die Zeus dabei geholfen hatte, Hera zu betrügen. Als Hera das herausfand, bestrafte sie Echo damit, dass diese nie wieder etwas anderes sagen konnte als die letzten Worte, die jemand an sie richtete. Später verliebte sich die hübsche Echo in Narziss, der ihre Liebe jedoch verschmähte. Sie verweigerte daraufhin jegliche Nahrung, sie wurde zu Schatten und ihre Knochen wurden zu Steinen, bis nur noch ihre Stimme übrigblieb. Echo hätte es sich in unserem Haus gemütlich machen sollen, aber stattdessen verschlang wohl eine kleine Londoner Nymphe unsere Worte. Alles, was wir sagten, schien bedeutungslos. Manchmal frage ich mich, ob ich vielleicht nur Roccos Echo bin, aufgrund ein paar anderer Gene ein wenig abgewandelt, aber letztendlich doch nur eine Wiederholung. Das Interessanteste, was ich jemals im Physikunterricht gelernt habe, ist die Tatsache, dass Fledermäuse, Wale und Delphine mit Hilfe von Echos ihre Umgebung wahrnehmen können.

Ich hätte auch gern einen zusätzlichen Sinn. Ich würde gern wie eine Fledermaus Echos spüren können, wie ein

Käfer Gefühle riechen oder wie eine Hexe Gedanken lesen. Ich fühlte mich in unserem Haus eingesperrt. Die Wände schienen nicht die richtige Form für unsere Möbel zu haben, die Decken kamen mir zu niedrig vor für unsere Wände, und Mums und Dads angehäufter Krimskrams war zu viel, als dass Rocco und ich darauf hätten aufpassen können.

»Entschuldigen Sie«, sprach ich die ältere Dame unsicher an, »ich hatte doch gesagt, wir rufen an, wenn was ist. Uns wäre es lieber, wenn Sie nicht einfach unangekündigt hier auftauchen würden.«

»Wer ist diese Frau?« Rocco drehte sich zu mir herum und hob fragend die Brauen. Ich sah ihm an, dass er auch niemand Fremden im Haus haben wollte.

»Ich bin Mrs Arnold«, sagte sie.

»Das ist die Nachbarin, die Mum gebeten hatte, ab und zu nach uns zu sehen«, erklärte ich.

»Und du bist bestimmt Rocco.« Mrs Arnold zog einen Handschuh aus und schüttelte ihm die Hand. »Hier sieht's aus wie auf einer Müllhalde«, sagte sie und strich den steifen Kragen ihrer Bluse glatt. »Ich hoffe, euch beiden geht's gut.« Ihre elegante Bluse und der geblümte Rock wirkten vollkommen fehl am Platz. Selbst ihre Haare, deren Ansatz grau schimmerte, lagen perfekt.

»Klar geht's uns gut«, versicherte Rocco. »Aber wie Isabel schon sagte – könnten Sie bitte nicht unangekündigt vorbeikommen? Man erschreckt sich ja zu Tode.«

»Ach Gott, ach Gott«, sagte sie. »Wer soll sich denn vor mir erschrecken? Ihr seid aber ganz schön empfindlich. Na gut, das nächste Mal rufe ich vorher an. Ich wollte ja nur kurz nach euch sehen, wisst ihr, das habe ich eurer Mum versprochen.«

»Haben Sie kürzlich mit unserer Mutter geredet?«, fragte ich.

»Nein, meine Kleine, sie hat mir keine Nummer dagelassen.«

»Wir melden uns, wenn irgendwas ist. Danke, dass Sie vorbeigekommen sind. Aber jetzt müssen wir uns langsam mal …« Rocco zögerte, »… an unsere Hausaufgaben machen.«

»Gut. Aber räumt hier auf.« Die Frau erhob sich. »So eine Unordnung habe ich noch nie erlebt. Und so eine Kälte auch nicht. Auf Wiedersehen.«

Sie winkte uns, ließ die Tür hinter sich ins Schloss krachen und brachte Rocco und mich damit zum ersten Mal in dieser Woche zum Lachen.

Wenn Mum und Dad laut Sex hatten oder sich stritten, zogen Rocco und ich uns oft mit Waschbenzin und Streichhölzern in unser Dachzimmer zurück und kokelten. Wir wussten, wenn sie mit einem von beidem beschäftigt waren, würde ihnen der Geruch nicht auffallen. Wie alle Kinder interessierte es uns schon immer, was man anzünden konnte und was nicht. Wir wussten, dass Papier und Holz wunderschön brannten und einen schweren, sauberen Rauch erzeugten, der das Zimmer ausfüllte und an den Wänden klebte. Wenn das Feuer zu groß wurde, erstickten wir es mit einer schweren Decke, aber wir warteten damit immer bis zum letztmöglichen

Moment, um das Adrenalin voll auszukosten, das uns unschuldig und dickflüssig, aber heiß wie Strom durch die Adern jagte. Am meisten Spaß machte uns, dass sich das Feuer oft aufteilte und man vorher nie wusste, wie sich der Gegenstand entzünden, in welche Richtung der Brand gehen würde.

Wir fanden heraus, dass man mit Waschbenzin, das wir aus einem Schrank im unteren Stockwerk klauten, jedes Material bombenartig zum Explodieren bringen konnte. Wir verbrannten einen von Mums hässlichen Seidenschals, der sauren Rauch ins Zimmer hauchte. Die Fetzen einer alten Zeitung gingen in einer perfekten Flamme auf, aber soviel Benzin wir auch auf das kalte Silber eines Buttermessers träufelten, Metall wollte einfach nicht brennen. Plastikflaschen ließen sich auch nicht entzünden, aber sie hatten einen faszinierenden Trick drauf, schrumpften blitzschnell zusammen und wurden pudrig schwarz. Nur ein einziges Mal wäre beinahe etwas passiert, und das war Mums und Dads Schuld. Wir hörten von unten, wie sie sich gegenseitig anschrien. Oben versuchten Rocco und ich derweil herauszufinden, ob Obst brannte. Wir hatten zufällig eine feuerfeste Decke aufgetan und ein kleines Feuer aus Schulheften entfacht. Darauf hatten wir einen Apfel und ein paar Plastikteile gestapelt. Das Plastik schlug Blasen, die aussahen wie Mondkrater oder Maden, die sich in Schlamm wanden. Der Apfel schrumpelte zusammen und wurde von dem schmelzenden Plastik schwarz. Es stank fürchterlich, und anscheinend konnte man es bis nach unten riechen, denn in dem Moment, als die Flammen am höchsten waren und gerade über dem Apfel zusammenschlugen, stürzten Mum und Dad in ihren Morgenmänteln ins Dachzimmer.

Dads Wangen waren geschwollen. Er griff mit seinen dürren Armen nach der Decke und zog sie in einer schnellen, unüberlegten Bewegung unter dem Feuer hervor. Rocco und ich mussten erschrocken zusehen, wie unser sorgfältig aufgebautes Experiment im rauchigen Licht durch die Luft flog und meine Bettdecke in Brand setzte.

»Ihr Scheißkinder«, schimpfte Dad. Mum stand nur hilflos im Türrahmen, während meine Bettdecke zusammenschmurgelte. Dad trat voller Wut gegen das Bett und hätte mich fast getroffen, weil ich davor auf dem Boden kauerte. Ich presste das Gesicht zwischen die Beine und versuchte mit aller Kraft, nicht zu weinen. Dad schlug derweil mit einem Kissen auf das Feuer ein. Das Feuer wurde immer böser, die Flammen auf meinem Bett schlugen immer höher, bis Rocco die feuerfeste Decke nahm und sie mit ruhiger Hand erstickte. Dad trat wieder und wieder gegen das Bett. Schließlich ging er aus dem verrauchten Zimmer. Mum lief ihm weinend hinterher. Rocco und ich öffneten das Fenster, um frische Luft hereinzulassen, und kletterten hinaus auf den Balkon. Wir waren empört vom elterlichen Eindringen in unser Dachzimmer. Wir konnten es nicht leiden, weil sie jedes Mal das innere Gleichgewicht unserer vier Wände störten.

Jetzt, wo Rocco und ich ganz allein wohnten, begannen wir wieder mit dem Kokeln. Irgendein Schriftsteller hat mal gesagt: »Erbsünde ist Sache der Jugend«, aber ältere Leute, Banker, Anwälte, Bauunternehmer, Steuerberater, die mitten im Leben stehen, die sündigen doch auch alle. Ihre Sünden sind bloß nicht mehr so neu. Egal, was Mum und Dad für Sünden begangen haben mögen, es gab garantiert schon andere vor ihnen, die dasselbe getan haben. Wenn man jung ist, ist jede Sünde so neu wie Feuer oder eine Schneeflocke. Je älter man wird, desto langweiliger werden auch die Sünden, weil man viel zu viele Zeitungsartikel gelesen hat und den Tod viel besser versteht. Wenn man jung ist, ist man unschuldig. Diese Unschuld bewahrt einen jedoch leider nicht vor den eigenen Sünden. Mit sieben war ich noch kaum von Sex oder Gewalt in den Medien verseucht, mich faszinierte damals noch die Tatsache, dass mein Bein nach einem Schlag dagegen weh tat und sich aus dem Nichts ein mohnfarbener Bluterguss bildete und dass ein Schnitt einen schärferen Schmerz und wundervolles, helles Blut mit sich brachte. Wir spielten Spiele, in denen es um Tränen und Flammen ging, bevor wir wussten, wie Tränen und Flammen überhaupt entstanden. Wir spielten oft Einbrecher, so wie Mr Curiosity aus *Cats*. Kleine Kinder, die nachts bei anderen Leuten durchs Fenster kletterten, ich im Kleid, Rocco in Jeans. Statt Geld nahmen wir Dinge mit, die uns gefielen, stellten uns eine Sammlung zusammen wie Dad mit seinen Antiquitäten. Wir redeten uns ein, dass uns nie jemand verdächtigen würde, weil wir ja Kinder waren.

An diesem Abend wollte ich ein Omelett machen und kaufte Eier, Schinken und Käse. Wir wollten uns wie normale Menschen benehmen, weil ich langsam das Gefühl hatte, dass alles um uns herum auseinanderbrach und in sich zusammenfiel. Ich suchte mir ein Kochbuch, und Rocco deckte den Tisch im Esszimmer mit Mums hübschem Porzellangeschirr. Er legte sogar eine Tischdecke mit kleinen gelben Gänseblümchen in den Ecken auf und stellte eine neue Kerze in die Mitte. Ich hielt mich ganz genau an das Rezept, verquirlte die Eier, schnitt den Schinken klein, gab den Käse genau zum richtigen Zeitpunkt in die Pfanne, aber ich vergaß, das Ganze zu wenden.

Rocco lachte, und ich versuchte nicht zu weinen, während er das Verbrannte mit einem Messer abkratzte und mir versicherte, es wäre gar nicht schlimm. Ich lächelte ihn an, war aber traurig, weil es im Haus so still war und ich mich nutzlos fühlte, weil ich nicht einmal kochen konnte. Dass Mum und Dad nicht da waren, machte uns nichts aus, nur dass sie wahrscheinlich nie mehr wiederkommen würden, dass irgendetwas einfach nicht stimmte. Das Omelett schmeckte wie weicher, gelber Schlamm, ich hatte zu viel Butter genommen.

Ich musste an einen Abend denken, als Rocco und ich noch klein waren. Mum hatte uns nicht erlaubt, unsere Mückenmasken beim Abendbrot zu tragen. Wir waren aufgekratzt und wollten etwas anstellen. Mum erzählte gerade eine lustige Geschichte, die ihr im Supermarkt passiert war. Rocco starrte die Arbeitsplatte hinter mir an. Dad war der Einzige, der bei der Pointe lachte, dann herrschte betretenes Schweigen, und alle drehten sich um, um zu sehen, was Rocco so faszinierte. Ich entdeckte zwei bläuliche Spinnen, die einander gegenüberstanden. Die kleinere glitt ein Stück auf die andere zu, ihre Beine weich wie ein Windhauch auf den weißen Fliesen. Die größere ließ ihre haarigen Füße durch die Luft sausen, hob immer wieder rhythmisch die Beine an, schwankte ein wenig und strich sich über den Körper.

»Die wollen Sex haben«, sagte Rocco. Ich grinste ihn kurz an und sah dann wieder hochkonzentriert dem Schauspiel zu.

»Rocco!«, rief Mum, die immer so tat, als wäre sie schockiert von seinem Verhalten. »Mach doch die ekligen Viecher endlich tot!«, befahl sie Dad, der sich sofort gehorsam von seinem Platz erhob. Dad trug Reithosen. Sein Gesicht war schmal, aber noch nicht so schmal, wie es später einmal sein würde. Seine Haare waren grau.

Die Spinnen bewegten sich umeinander herum, gingen aufeinander zu und wichen dann wieder zurück, als würden sie sich im entscheidenden Moment doch nicht trauen, jede Bewegung ihrer haarigen Gliedmaßen wirkte seltsam aggressiv. Dad kramte nach einer Zeitung, als sich die beiden Spinnen auf einmal ansprangen und aneinanderklammerten, die kleinen Beine verknoteten, was schmerzhaft aussah, und sich damit auf den glatten Fliesen vor und zurück bewegten. Der bläuliche Panzer zuckte, sie vibrierten, verausgabten ihre eleganten kleinen Körper, doch da erhob sich ein Schatten über ihnen, und eine Zeitung knallte auf das verschlungene Paar.

Keiner traute sich, sie anzuheben. Rocco und ich waren wütend und überrascht ob dieser Grausamkeit, aber auch enttäuscht, dass sich keine halbzermalmten Körper darunter hervorarbeiteten und zu fliehen versuchten. Wir schwiegen lange.

»Du hast dafür gesorgt, dass sie in die Hölle kommen, nur weil sie Sex hatten«, sagte Rocco, der so jung war, dass er noch an die Sonntagsschulmoral glaubte, Sex sei eine Sünde.

»Spinnen kommen nicht in die Hölle«, widersprach ihm Mum und betrachtete ängstlich Roccos wütendes Gesicht. Sie trug ein blaukariertes Kleid und hatte sich die Haare hochgesteckt.

»Wenn es eine Hölle für Menschen gibt, muss es auch eine für Spinnen geben«, sagte Rocco.

»Spinnen kommen bestimmt sowieso in die Hölle«, antwortete Mum leise.

»Quatsch«, sagte Rocco und ließ sie dabei nicht aus den Augen. Dad stand neben mir, drehte die schuldige Zeitung in den Händen und sah aus wie ein Auftragskiller mit einem schlechten Gewissen.

»Ab in dein Zimmer!«, sagte Mum und faltete ihre Serviette zusammen.

Rocco schob vorsichtig seinen Stuhl zurück, legte Messer und Gabel auf den Teller und ging hinaus. Ich wartete einen Augenblick und tat es ihm dann gleich.

»Du komm zurück«, sagte Mum, als ich aus der Tür ging, aber ich ignorierte sie. Ich habe mich nie wirklich mit Mum und Dad gestritten, mich aber als Kind immer auf die Seite meines Bruders geschlagen. Ihre Sorge um

Rocco war berechtigt, aber wir verachteten sie beide für ihre Vorstellung davon, wie sich Kinder zu benehmen hatten. Sie wollten Kinder mit blonden Löckchen, die man mit einem Lolli ruhigstellen und mit denen man hübsche Familienfotos machen konnte. Wenn es darum ging, sich wie die Engel zu verhalten, waren sie uns nicht gerade ein Vorbild.

Wir stocherten eine Weile in dem Omelett herum und gingen dann schlafen. Keiner gab zu, dass er eigentlich noch Hunger hatte. Als Rocco sich auszog, fiel mir auf, dass seine Knöchel gerötet waren, als hätte er auf etwas eingeschlagen.

15
Jackson

Als Jackson mich das erste Mal küsste, war ich sicher, ich würde zerbrechen. Ich übte gerade ein Stück auf der Flöte in einem der kleinen Musikräume, spielte die eine Stelle wieder und wieder, bis mein ganzer Kopf davon ausgefüllt war. Dann ging plötzlich die Tür auf, und die Klappen meiner Flöte quietschten erschrocken einen hohen Ton. Ich ließ die Flöte sinken, und Jackson grinste mich an. Meine Strumpfhose begann zu kratzen. Jacksons Haare standen seltsam nach rechts, wodurch sein kantiges Gesicht schief wirkte, die weiten Hosenbeine hingen ihm über seine großen Schuhe.

»Hi«, sagte ich. Ich tat so, als wäre mit der Flöte etwas nicht in Ordnung, drehte und schraubte die glänzenden Metallteile auseinander und begann das Innere mit einem Wischerstab zu putzen. Jackson sah mir interessiert zu.

»Stör ich gerade?«, fragte er höflich.

»Nein, ich übe nur.«

»Du bist gut«, sagte er, und ich sah ihn misstrauisch an, unsicher, worauf er hinauswollte. »Ich hab draußen gelauscht«, gab er zu.

»Danke.« Ich steckte die Flöte wieder zusammen und stand auf, um den Kasten zu holen, der an der gegenüberliegenden Wand stand. Jackson kam mir hinterher.

»Hey, kann ich dir mal was sagen?« Er sprach sehr schnell.

»Klar.« Meine Arme hingen reglos an mir hinunter. Es roch nach Teppich und Parfüm. Im Vergleich zu dem perfekten kleinen Würfel, den der Raum bildete, schien alles an mir die falsche Form und die falsche Größe zu haben. Jackson sah mich an.

»Ich finde, also, ich finde es toll, dass es dir egal ist, was andere über dich denken. Ich glaube, wir würden echt gut zusammenpassen.«

Ich lächelte ihn freundlich an, sagte aber nichts, damit er weiterreden würde.

»Hast du vielleicht Lust, mal mit mir auszugehen?«

»Ähm …« Ich war aufgeregt und ängstlich und fühlte mich gut, alles zur gleichen Zeit.

Jackson kam näher und legte mir den Arm um die Hüfte. Seine Finger berührten durch den Pullover hindurch meine Wirbelsäule. Dann legte er den Kopf ein wenig zur Seite und schob ihn ein winziges Stück vor, um mich zu küssen, das Gefühl seiner Lippen auf meinen machte mich schwindlig und sorgte für Luftblasen in meinen Knien. Seine Zunge kroch in meinen Mund, ich öffnete meine Lippen ein Stück weiter und küsste ihn nervös zurück. Dann sagte er, er würde mich lieben, und ich lächelte ihn benebelt vom Adrenalin an. Er sagte es nie wieder, es war ein wunderschöner Moment.

Ich hatte vor Jackson schon andere Jungs geküsst. Ich hatte Rocco geküsst, dann einen Jungen im Ferienlager und einen Jungen auf einer Party, aber es hatte sich nie so angefühlt.

Wahrscheinlich habe ich ihn auf eine gewisse Art geliebt, aber es war eine Liebe, von der ich heute sagen kann, dass sie hoffnungslos naiv war. Wenn man sich das erste Mal verliebt, ist es nicht leicht zu wissen, ob es tatsächlich Liebe ist, weil man nichts hat, womit man das Gefühl vergleichen könnte. Ich glaube, ich habe nie jemanden wirklich geliebt außer Rocco, nicht mal jetzt, Monate nachdem mich Jackson völlig grundlos barfuß und in meinen Pyjamashorts auf der verschneiten Straße hat stehenlassen.

Irgendwann konnte ich ihn viel weniger leiden, als ich ihn jemals gemocht hatte. Jackson hatte keine Ausstrahlung. Ausstrahlung ist schwer fassbar, aber sie bringt einen dazu, wirklich etwas für jemanden zu empfinden. Er hatte so eine coole Teenagerart, für die ihn alle bewunderten – dass ihm meistens eine Zigarette im Mundwinkel hing, sein lässiger Gang. Das ist sozusagen die Teenagervariante von Ausstrahlung, aber eben nicht wirklich anziehend. Er war schlagfertig und konnte gut mit Menschen, aber er hatte nie eine solche Ausstrahlung wie Rocco, wenn der sich Mühe gab.

Trotzdem – wenn ich könnte, würde ich den einen schönen Moment mit Jackson in so einer dickflüssigen, blauen Lösung aufbewahren, die Farbe kühler Gedanken und des Inneren von Kerzenflammen. Ich würde mir jeden Morgen einen Tropfen davon in meine Cornflakes tun und wäre immer gut gelaunt. Oder ich könnte mir literweise solche Momente zusammensparen und mir eine Überdosis Jugend verpassen, wenn ich mal sterben möchte.

16
Eltern

Drei Wochen nachdem Mum und Dad weggefahren waren, hatten Rocco und ich immer noch nichts von ihnen gehört. Wir gingen hinunter in ihr Schlafzimmer. Es roch nach Mums blumigem Parfüm. Erst wollte ich nicht, aber natürlich lief ich Rocco irgendwann hinterher in das schreckliche Chaos von Mums und Dads persönlichen Gegenständen.

Das Bett war zerwühlt, man konnte noch den Abdruck sehen, wo Mum in der Nacht gelegen hatte, bevor sie uns verließ, als hätte sie vor lauter Eile ihren Schatten vergessen. Mum schlief links, Dad rechts. Auf der rechten Seite stand eine Nachttischlampe mit gelblichem Schirm, die Lampe links war antik und passte nicht dazu. Sie hatte einen Sprung, als wäre sie mal jemandem hinuntergefallen oder durchs Zimmer geworfen und danach wieder zusammengeklebt worden. Auf dem Bett lagen Kleider, auf dem grauen Teppich Unterwäsche und andere Überreste von Mums überstürztem Aufbruch. In der Ecke stand ein Schreibtisch, den Mum und Dad gemeinsam benutzten. Normalerweise war er peinlich aufgeräumt, heute aber so unordentlich wie der Rest des Zimmers. Immer wieder zuckten mir Bilder von Mum und Dad beim Streiten durch den Kopf. Die Bilder waren innerhalb einer Sekunde wieder verschwunden, trotzdem wurde mir davon ganz schwindlig.

Rocco und ich standen mitten im Raum und atmeten den blumigen Duft ein. Unser eigenes Chaos verstanden wir wenigstens. Ich griff mir eins von Mums Kleidern vom Bett und ließ den weichen Saum durch die Finger laufen. Rocco blätterte währenddessen die Papiere auf dem Schreibtisch durch. Wir fühlten uns wie Kinder, die etwas angestellt hatten.

Rocco zog die Schubladen des Schreibtischs auf. Es war ein dunkler Mahagonitisch, die beigefarbene Lederauflage fleckig. In den Schubladen lagen Kulis, Stifte, Pflaster, die sich halb aus ihren Plastikverpackungen gelöst hatten, zerbrochene Zigaretten, zwei Würfel, ein bisschen Kleingeld und Mums altes Adressbuch. Rocco nahm es vorsichtig heraus und blätterte es durch, wobei er aufpasste, die vielen kleinen vergilbten Zettel darin nicht durcheinanderzubringen. Dann gab er es mir. Dieses Adressbuch hatte Mum, seit sie vierundzwanzig war. Die ersten Einträge waren in einer runden Handschrift verfasst, und häufig mit Herzchen statt i-Punkten versehen. Nach und nach wurde die Schrift immer enger und unordentlicher. Anfangs hatte sie Verabredungen zum Essen und Telefonnummern notiert, weiter hinten standen Klempneradressen und Versicherungsmakler. Neben manchen Namen waren Smileys gemalt, und es gab jede Menge Ausrufezeichen. »Kaffeetrinken mit Claire! Nicht vergessen!« – »Zahnarzttermin machen!« Auf den hinteren Seiten schließlich tauchten immer öfter Zahlen auf, durchgestrichen, eingekreist, unterstrichen, wieder durchgestrichen, und darunter ging das Ganze von vorn los. Der Parfümduft lenkte mich ab und machte mich traurig. Ich klappte das Buch zu und legte es auf einen Stapel zerknitterter Rechnungen auf dem Schreibtisch.

Der Kleiderschrank stand weit offen. Ich betrachtete die unordentlichen Reihen von Röcken und Hosen darin. Mum trug gern weite, geblümte Kleider aus Leinen oder Seide, mit eckigem Ausschnitt und einem Gürtel, der locker um die Hüfte gebunden wird. Ein paar steckten noch in der Plastikhülle von der Reinigung. Darunter standen bunt durcheinandergewürfelt Mums und Dads Schuhe. Ich nahm mir einen Hut aus dem Fach über den Kleidern und setzte ihn mir auf. Es war ein schwarzer Schlapphut, die Krempe hing mir über die Augen. Ich setzte mich aufs Bett und sah Rocco zu, der mit einem Paar Manschettenknöpfe herumspielte. Die Initialen Z und M waren in Gold eingeprägt. Dad hatte sie in einem Secondhandladen gekauft. Rocco schob sie vorsichtig durch die vergilbten Knopflöcher seines Hemds.

»Die gefallen mir«, sagte er. Ich nickte. Ich konnte mich nicht daran erinnern, wann wir das letzte Mal ohne Mum und Dad in ihrem Schlafzimmer gewesen waren. Es musste Jahre her sein. Manchmal, wenn jemand für sie am Telefon war oder wenn wir aus dem Haus gingen, steckten wir kurz den Kopf durch die Tür, betraten das Zimmer jedoch nicht. Wir sagten, was wir zu sagen hatten, und dann gingen wir schnell wieder. Wir brachten die Dynamik ihrer Beziehung genauso aus dem Gleichgewicht wie sie unsere.

Rocco wühlte im Kleiderschrank herum. Er kniete

sich hin, schob ein paar Schuhe zur Seite und verharrte plötzlich einen Moment lang. Dann kam er mit einem gelb angemalten Karton in der Hand zu mir aufs Bett, hob den zerknickten Deckel ab und nahm ein hässliches rosa Plastikarmband heraus, das ich mir gleich über das Handgelenk streifte. Die blassen Perlen kniffen mir in die Haut. In dem Karton lagen außerdem noch ein schwarzer Füller, ein kaputter Bleistiftanspitzer und ein Stein.

Ich hob Mums seidenen Morgenmantel vom Boden auf, schlüpfte hinein und zog den weißen Gürtel fest zu. Ich hustete gekünstelt und fing an, mir die Haare auf dem Kopf zusammenzuraffen. Rocco zog sich eine braune Jacke von Dad über, ich musste lachen.

»Ich hasse London«, sagte ich, weil Mum das immer sagte. Ich versuchte, genauso nervös wie sie zu klingen.

»Wegziehen können wir aber leider nicht …« Rocco stand schlaff da, die Schultern gebeugt, die Hände in den Taschen, und bewegte übertrieben die Brauen. »… Madame Unzufrieden«, fügte er hinzu, weil Dad unsere Mutter oft so nannte.

»Wenn der Laden bloß mehr abwerfen würde«, jammerte ich und biss mir auf die Lippe.

»Wenigstens können wir unsere Rechnungen zahlen.«

»Gerade so«, sagte ich traurig und ließ den Saum von Mums Morgenmantel durch die Finger gleiten. »Aber es wäre schon schön, wenn wir auch ab und zu mal was ans Tierheim spenden könnten.«

Rocco grinste, weil ich Mums Tonfall ziemlich gut getroffen hatte. Ich versuchte immer noch erfolglos, mir die Haare hochzustecken.

»Du kaufst nie etwas, was man auch wieder verkaufen kann, Jack. Keiner will das Zeug haben. Es interessiert sich nun mal nicht jeder für Waffen«, fuhr ich fort. »Die Leute wollen hübsche Sachen, nicht so brutales Zeug. Wir sollten lieber einen Laden für Glückwunschkarten aufmachen. Glückwunschkarten mag doch jeder.«

»Ich aber nicht.« Rocco zündete sich eine Zigarette an, so zitternd und gequält, wie es Dad immer tat, als hätte er Angst vor sich selbst.

»Und dann diese Kinder!« Ich musste grinsen. »Diese schrecklichen Kinder!«

Rocco lachte. »Immer spionieren sie einem hinterher!«

»Jetzt, wo Rocco nicht mehr zur Schule geht, bleibt er bestimmt für immer in diesem Zoogeschäft. Und Isabel ist die ganze Zeit so mürrisch, rennt ihrem nichtsnutzigen Bruder überallhin nach, nie macht sie was Vernünftiges.« Plötzlich schauderte mich ob meiner perfekten Imitation.

»Ich liebe dich!«, sagte Rocco mit Cartoonstimme. »Ich liebe dich mehr als alles andere auf der Welt!«

»Ich liebe dich auch.« Ich legte mir die Hand aufs Herz. Rocco aschte auf den Teppich.

»Lass bitte nicht immer Asche auf den Teppich fallen, Jack«, wies ich ihn zurecht und zog am Gürtel des Morgenmantels. Der Knoten ging ständig auf.

»Sag mir nicht, was ich zu tun habe«, rief Rocco mit gespieltem Ärger.

»Einer muss es ja tun. Einer muss dich ja wohl ab und zu daran erinnern, dass du zwei Kinder hast und dass in unserem Scheißladen nie jemand was kauft.« Ich warf theatralisch die Haare zurück. Mit einem Grinsen nahm

Rocco die Lampe mit dem Sprung und ließ sie fallen. Sie zerbrach klirrend in eine Million kleine Teile.

Danach war es totenstill im Zimmer. Wir sahen auf die Scherben hinunter. Rocco drückte seine Zigarette auf dem Boden aus. Ich schüttelte die Kissen auf, strich die Decke glatt, und Mums und Dads Schatten verschwanden. Dann zog ich den Morgenmantel aus und legte ihn ordentlich zusammengefaltet auf das Bett.

»Geht es dir nicht gut?«, fragte ich Rocco.

»Nicht so richtig.«

Wir gingen aus dem Zimmer. Im Türrahmen drehte ich mich noch einmal um. Ich wollte das Armband abmachen, doch es riss, und die Perlen verteilten sich über den Boden. Es klang wie Hagel, der nachts gegen das Fenster schlägt. Wir schlossen die Tür und rannten hoch unters Dach.

17
Probleme in der Schule

Ich wusste, dass Rocco etwas auf dem Boden des Kleiderschranks gefunden hatte, doch ich sah nicht nach, was. Ich hatte unglaubliche Angst davor. Als Kinder haben Rocco und ich Blut, Spinnen und Zungen akribisch untersucht, sie faszinierten und ekelten uns gleichermaßen. Aber alles, was uns nicht interessierte, blendeten wir aus. Manche Menschen sind mit sechzehn schon erwachsen, ich war es nicht. Ich versuchte immer noch, in einer Welt aus frischer Bettwäsche, Wachsmalstiften und Lego zu leben. Ich wollte noch nicht erwachsen sein, das wollte ich eigentlich nie.

Ich ging nur sporadisch zur Schule, gerade so oft, dass niemand nachfragte. Wenn ich zu Hause blieb, tat Rocco, als wäre er Dad, und entschuldigte mich. Wenn ich dort war, ignorierten mich fast alle. Während Jackson sich geradezu verausgabte bei seinen Bemühungen, das Opfer zu spielen, blieb ich stumm. Ich haute ab, wann immer mir danach war. Ich wurde zum Direktor geschickt, weil ich meine Hausaufgaben nicht gemacht hatte, doch ich verteidigte mich nicht. Sie riefen immer wieder bei uns zu Hause an, und Rocco ließ sie dann mit autoritärer Stimme wissen, dass mit seiner Tochter alles in Ordnung sei und sie sie gefälligst in Ruhe lassen sollten.

Jackson hatte ein Foto von Rocco und mir ans Schwarze Brett gehängt. Jemand hatte es gemacht, als wir betrunken waren und Rocco mir zufällig in den Ausschnitt sah, und die anderen malten unanständige Sachen darauf. Ich riss das Bild mehrmals ab und warf es weg, aber Jackson verfügte anscheinend über endlosen Nachschub.

Ein einziges Mal sprach ich mit Jackson unter vier Augen. Er kam auf mich zu, als ich gerade im Speisesaal saß und Mittag aß. Er fragte, ob er mich kurz sprechen könne. Alle um uns herum starrten uns an, also nickte ich brav und folgte ihm in ein Klassenzimmer.

»Hi« war sein Einstieg. Er schloss die Tür hinter sich und setzte sich auf eine Tischkante. Auf seiner linken Wange heilte halb verdeckt von seinen blonden Haaren ein blauer Fleck. Das Zimmer war in das harte Licht der Deckenlampen getaucht, sodass nirgendwo Schatten waren und der Raum zweidimensional wirkte.

»Hi.« Ich strich mir nervös die Haare zurück, stand stocksteif da und dachte, wie sehr ich Jackson hasste.

»Du siehst nicht gut aus«, sagte er. Er spielte an den Metallscharnieren eines Tischs herum. Beim Blick in den Spiegel war mir selbst schon aufgefallen, dass meine Haut sich straff über meinen Wangenknochen spannte und grau aussah, als läge eine feine Staubschicht darauf.

»Ach ja?« Ich sah aus dem Fenster hinaus auf die verschneiten Straßen, dann wieder zu Jackson. Er spielte jetzt mit dem langen schwarzen Feuerzeug in seiner Tasche, das machte er immer. »Du siehst auch nicht gerade blendend aus.« Ich deutete auf den blauen Fleck auf seiner Wange.

»Ja, und weißt du, wer das war? Dein Scheißbruder letzte Woche!«

»Davon wusste ich nichts.«

»Mir ist das alles irgendwann zu viel geworden, Isabel. Wir ihr beide dasitzt und Gewehre hin und her werft, und dann seht ihr zwei Tauben dabei zu, wie sie sich zerfleischen, und dann ziehst du dich vor uns beiden um. Wahrscheinlich ziehst du dich ständig vor ihm aus. Und dann komm ich auch noch rein, und du bist kurz davor, ihn zu küssen.«

Ich lächelte, sah Jackson durch meine Wimpern hindurch an und hasste ihn. »Du weißt ganz genau, dass wir nicht kurz davor waren, uns zu küssen, du übertreibst.«

»Nein, tu ich nicht«, gab er wütend zurück. »Es ist ekelhaft. Ihr beide jede Nacht in einem Zimmer, ihr habt nichts zu tun, ihr wollt beide ficken, also macht ihr es einfach miteinander.« Jackson holte das Feuerzeug aus der Tasche und schob es durch die schwitzige Haut zwischen Daumen und Zeigefinger.

»Wir haben dich ja wohl nicht gezwungen, bei uns abzuhängen«, sagte ich und sah ihn herausfordernd an. Jacksons gerötete Wangen wurden blass. Langsam nervte er mich.

Er stand auf und ging zur Tür, legte das Feuerzeug gedankenverloren auf einen der Tische. Ich lehnte mich gegen die kalten grauen Schließfächer und machte die Fäuste auf. Mein Herz schlug schnell, und ich musste daran denken, wie er an der Innenseite meines Oberschenkels entlanggemalt hatte.

»Du hättest so was jedenfalls nicht in der ganzen

Schule rumerzählen müssen«, sagte ich. »Du hättest einfach wegbleiben können, ohne deshalb gleich irgendwelche Gerüchte zu verbreiten.« Ich sah ihm direkt in die Augen. Er senkte den Blick. »Fandest du es einfach langweilig mit mir, nachdem wir miteinander geschlafen hatten?«

»Nein. Keine Ahnung. Es hat sich einfach so angefühlt, als ob du schon Übung darin hättest.«

»Was?«

»Es hat sich schmutzig angefühlt.«

»Schmutzig?«

»Und da ist mir aufgefallen, wie du ihn ab und zu berührst und wie er dich ansieht.«

»Das ist doch Quatsch, Jackson.«

»Ich wollte dich eben nicht mehr sehen.« Er drehte sich ein Stück weg und wippte auf seinen Gummisohlen hin und her.

»Du hast es in der ganzen Schule rumerzählt«, wiederholte ich.

»Ich könnte es auch der Polizei sagen. So eine Scheiße ist nämlich verboten.«

»Es stimmt doch aber gar nicht!«

»Klar!«

Mir kamen die Tränen. Jacksons dünne Lippen waren fest zusammengepresst. Seine blauen Augen sahen fast weiß aus, wie durchsichtiges, bläuliches Plastik.

»Isabel«, sagte er eindringlich, und ich versuchte nicht an den Abend zu denken, an dem wir miteinander geschlafen hatten. Wenn er so unsicher vor mir stand, fühlte es sich wieder an, als hätte ich Sahne in mir. Das

Problem mit Gefühlen ist, dass die Erinnerung daran nicht beständig ist. Wie als Kind, wenn sich etwas, das eigentlich schön gewesen ist, auf einmal in eine Katastrophe verwandelt – nur weil man gerade Durst hat oder an dem Morgen zu früh aufgewacht ist.

Im Moment war mir die ganze Aktion nur peinlich. Mir wurde ganz schlecht davon, aber ich versuchte, das Gefühl zu unterdrücken. Rocco hat mir einmal von Immanuel Kant erzählt. Laut Kant könne Moral nur aus Vernunft entstehen und alles Unvernünftige sei demnach unmoralisch. Eine Menge irrationale Dinge werden gemeinhin auch als unmoralisch empfunden, aber irrationale Dinge machen eben auch am meisten Spaß.

»Isabel«, begann Jackson noch einmal, »es tut mir ehrlich leid, dass alles so gekommen ist, ich mochte dich nämlich wirklich. Du bist toll, aber du gehörst nun mal zu ihm. Wenn du und Rocco in einem Zimmer seid, dann fühlt sich alles auf einmal so anders an. Und ich wollte nicht in was reingeraten, das einfach nicht … Na ja, eben nicht richtig ist.«

»Rocco und ich haben schon immer alles zusammen gemacht. Er ist mein Bruder.«

»Ich weiß. Aber ich find's unangenehm, wie ihr miteinander umgeht. Mit Rocco stimmt was nicht.«

»Er ist mir eben wichtig. Und du bist mir egal, Jackson.«

Wir schwiegen beide, und mir fiel auf, wie schlecht die Luft im Raum war, es roch nach kleinen Jungs und frischer Farbe. Das weiße Licht sorgte für eine traurige, antiseptische Atmosphäre. Für einen kurzen Moment fühlte es sich fast wie früher zwischen uns an, aber dann schüttelte sich Jackson theatralisch die Haare aus dem Gesicht und ging zur Tür.

»Warte doch mal.« Er drehte sich um. »Tut mir leid, dass er dir eine reingehauen hat.«

»Mir nicht«, gab er zurück und musterte mich. »Das erhärtet meinen Verdacht nur.«

Draußen auf dem Gang wurde Jackson sofort ausgefragt, was ich gesagt hätte und ob ich es endlich zugegeben hätte. *Ekelhaft, ekelhaft, ekelhaft,* hörte ich immer wieder. Ich spielte traurig mit dem Feuerzeug herum, das er auf dem Tisch hatte liegenlassen, und sah der hübschen Flamme dabei zu, wie sie hochhüpfte und versuchte, an mein Gesicht zu kommen. Ich fühlte mich schmutzig und eklig. Ich wollte nur noch nach Hause.

Unterwegs hatte ich das Gefühl, mich würde jemand verfolgen. Es waren die schweren Schritte eines Mannes, ganz bestimmt nicht Jacksons. In einer engen Straße lief er so dicht hinter mir, dass ich in der eisigen Kälte fast die Wärme seines Körpers spürte.

Als ich fast zu Hause angekommen war, packte mich der Mann in einer einzigen geschmeidigen Bewegung an der rechten Schulter, drehte mich zu sich herum und bog mir gleichzeitig den linken Arm auf den Rücken. Es tat weh, und ich wollte schreien, aber es kam nur ein gedämpfter Laut heraus. Ich ließ meinen Rucksack fallen und versuchte, mich seinem Griff zu entwinden. Adrenalin jagte mir durch die Adern, aber ich schaffte es nicht, mich loszumachen. Meine Schulter tat weh. Ich trat ihm auf den Fuß, aber er drückte mich gegen die Wand wie eine Puppe, legte mir die Hände um den Hals und drückte so fest zu, dass ich mich nicht mehr bewegen konnte. Mir rutschte die Jacke von den Schultern.

»Jetzt hör endlich auf, dich zu wehren«, sagte er. »Ich will dir ja gar nichts tun.« Es war der große Mann, der letztens bei uns an die Tür geklopft hatte. Er roch nach Knoblauch und Zahnpasta. Seine Haut war rauh und hatte kleine Dellen. Seine Augen waren winzige Schlitze. »Sag mir einfach, wo deine Eltern sind«, verlangte er grob und lockerte seinen Griff ein wenig, damit ich sprechen konnte.

»Ich weiß es nicht, ehrlich nicht. Wenn ich es wüsste, wäre ich ihnen schon hinterhergefahren. Wir machen uns Sorgen, wir haben nichts von ihnen gehört, seit sie weg sind, und wir haben kein Geld mehr.«

Abrupt ließ er mich los und ging davon. Ich stand einen Moment benommen da, dann lief ich nach Hause. Ich knallte die Tür hinter mir zu, die in letzter Zeit ziemlich oft zugeknallt worden war. Danach ging ich noch seltener zur Schule, meine Motivation sank auf den Nullpunkt.

Am Donnerstag klingelte es an der Tür. Rocco war nicht zu Hause, trotzdem wollte ich nicht aufstehen und aufmachen. Ich saß mit einer Tasse Kaffee oben bei uns im Dachzimmer vor dem Fernseher und streichelte die Maus. Etwa zehn Minuten lang war es still, dann klingelte es wieder. Ich nahm einen Schluck Kaffee, zündete mir eine Zigarette an und steckte mir die Maus in die Tasche.

Im Fernsehen diskutierten ein paar jugendliche Goths, warum sie unbedingt ein Baby wollten, und ihre Eltern saßen mit verweinten Augen neben ihren Sprösslingen und wirkten wie Tauben, die Hyänen geboren hatten. Die Mütter waren schockiert darüber, was ihre Kinder so von sich gaben. Ein etwa fünfzehnjähriges zierliches, blondes Mädchen saß neben ihrem Kifferfreund und konnte kaum einen vollständigen Satz sagen, ohne vom Publikum mit Buhrufen unterbrochen zu werden. Dafür schlugen sich die beiden aber wacker. Sie fühlten sich bereit für eine Familie, der Freund hatte einen festen Job auf der Baustelle, das Mädchen war in Babystimmung. Ein anderes Mädchen, ein bisschen älter und auch ein bisschen dicker, erzählte, wie sie mit fünfzehn schwanger geworden war und dass es ihr Leben zerstört hatte.

Es klingelte wieder an der Tür, dazu klopfte es jetzt auch noch. Also machte ich mich auf den Weg nach unten, um einen Blick durch den Türspion zu werfen. Es war nicht etwa ein Schuldeneintreiber, der zu Dad wollte, sondern mein Englischlehrer, ein enthusiastischer, grauhaariger Mann namens Mr Brown, der gerade ein paar Schritte von der Tür zurücktrat und zu den Fenstern hochspähte, ob wirklich niemand zu Hause war. Ich überlegte kurz, ob ich einfach warten sollte, bis er wieder wegging, aber Mr Brown war immer nett zu mir gewesen, also öffnete ich die Tür. Er trug die gleichen Sachen wie sonst auch, einen abgetragenen braunen Anzug, ein dünnes, gestreiftes Hemd und eine einfache farbige Krawatte. Heute war sie blau. Der Knoten saß zu fest unter seinem Hals.

»Ach, hallo«, sagte er. Plötzlich ging mir auf, dass ich ihn auf keinen Fall reinlassen konnte, denn dann würde er den ganzen Müll sehen. Ob ich die Zigarette lieber ausmachen sollte? »Ich dachte schon, du bist nicht da.«

»Tut mir leid.« Ich zog an Roccos Marlboro Red. »Ich habe die Klingel nicht gehört.«

»Kann ich vielleicht reinkommen? Ich würde gern mit dir und deinen Eltern darüber reden, warum du so oft fehlst. Wenn ich anrufe, geht niemand ans Telefon.«

Jetzt wünschte ich, ich hätte die Tür nicht aufgemacht. Mr Brown erinnerte mich unangenehm an die Schule und Jackson.

»Tut mir leid, Mum und Dad sind gerade nicht zu Hause.«

»Kann ich reinkommen, oder müssen wir diese Unterhaltung wirklich hier auf der Türschwelle führen, Isabel?« Er warf einen Blick in den Flur und sah die Wasserpfütze. Sicher roch er auch das Gras und die vor sich hin gammelnden Essensreste. Draußen war es kalt, aber ich wusste nicht, was ich tun sollte, also blieb ich einfach, wo ich war, und schwieg. »Wo sind denn deine Eltern?«

»Die sind weggefahren.« Ich drückte die Zigarette auf der Schwelle aus und holte meine Maus aus der Tasche. Mr Brown blinzelte überrascht.

»Wo sind sie denn hingefahren? Es muss doch eine Möglichkeit geben, sie zu kontaktieren.«

»*Wir* schaffen es jedenfalls nicht«, fuhr ich ihn an. Ich streichelte die Maus. Ihre Barthaare zuckten. »Also falls sie Ihnen zufällig über den Weg laufen, können Sie gern ausrichten, sie sollen sich mal bei uns melden.«

»Ist was passiert?«, fragte Mr Brown. Das Fell der Maus war weich und beruhigte mich. »Wenn du mit mir nicht reden willst, dann vielleicht mit der Schulpsychologin?«

»Nein, mir geht's gut, danke.«

»Bist du krank?«, fragte er. Ich schüttelte den Kopf. »Sind deine Eltern krank?«, fragte er weiter. Ich zuckte mit den Schultern.

In dem Moment kam Rocco von der Arbeit. Er stellte sich hinter den Lehrer und sah mich fragend an.

»Das ist Mr Brown«, erklärte ich. Mr Brown drehte sich lächelnd um und schüttelte Rocco die Hand.

»Schön, dich zu sehen, Rocco. Kann ich reinkommen und mich kurz mit euch unterhalten? Isabel war lange nicht mehr in der Schule, wir machen uns alle ein bisschen Sorgen um sie.«

»Die anderen haben sie fertiggemacht«, sagte Rocco. »Deshalb ist sie abgehauen.« Er ging an mir vorbei ins Haus, und ich trat einen Schritt zurück in den Flur. »Tut mir leid, wenn sie Ihnen damit Ärger gemacht hat. Sie kommt jedenfalls nicht wieder. Danke, dass Sie vorbeigeschaut haben und so, ist echt nett, aber sie kann allein auf sich aufpassen.«

»Es ist wirklich keine gute Idee, die Schule zu schmeißen«, sagte Mr Brown.

»Tja, es läuft eben nicht immer alles nach Plan, Mr Brown«, antwortete Rocco.

»Wo sind eure Eltern?«

»Im Urlaub. Jetzt mal im Ernst, ich bin achtzehn und kann mich um uns beide kümmern.«

»Das wird deinen Eltern aber nicht gefallen, wenn sie nach Hause kommen und feststellen müssen, dass ihre Tochter anscheinend in die Fußstapfen ihres Bruders tritt.«

»Kann schon sein, aber es ist eine ganze Menge passiert, und im Moment kann sie eben nicht zur Schule gehen.«

»Lasst mich doch einfach rein, dann können wir in Ruhe darüber reden.«

»Ich glaube, da gibt's nicht viel zu bereden. Tut mir leid, dass Sie umsonst hergekommen sind.«

»Wenn sie in einer Woche nicht wieder zur Schule geht, fliegt sie wahrscheinlich, Rocco«, sagte Mr Brown, sah über Roccos Arm hinweg zu mir und verabschiedete sich. Ich winkte ihm kurz. Ich war erleichtert, dass er endlich weg war, und froh, nicht mehr in die Schule zu müssen.

»Rocco?« Ich hatte beschlossen, ihm nichts von dem Mann auf der Straße zu erzählen, damit er sich keine Sorgen machte. »Du hast doch Jackson keine reingehauen, oder?«, fragte ich ihn ernst.

»Sorry, Izzie«, sagte er darauf nur. Ich sah ihn böse an und streichelte die Maus in meiner Hand. Dann tat ich sie zurück in ihren Käfig und ging duschen.

Die nächsten Tage zeigte ich Rocco die kalte Schulter, sprach nur mit der Maus, die mich mit ihrer Nase anstupste und nie etwas falsch machte.

»Isabel, es tut mir wirklich leid. Er ist ein Arschloch, er hat dich traurig gemacht, und das konnte ich einfach nicht ertragen.« Ich hatte mich ins Schlafzimmer unserer

Eltern verzogen und lag auf Mums Betthälfte. Ich hatte immer noch nicht in den Kleiderschrank gesehen. Ich lag da, rauchte, und die Maus krabbelte mir über den Bauch.

»Er sieht das aber als Beweis für seine Version der Dinge an, nicht für unsere«, sagte ich.

»Ich mach doch nicht was, um damit irgendjemandem was zu beweisen. Er hatte es verdient, und ich glaube dir nicht, dass dir das echt was ausmacht, also krieg dich mal wieder ein. Er war ja die letzten Wochen auch nicht gerade nett zu dir, oder?« Rocco stand eine gefühlte Ewigkeit im Türrahmen, während ich tiefe Züge von der Zigarette nahm. »Tut mir leid«, sagte er noch einmal unglücklich. »Das tut mir alles so leid. Ich hasse es, wenn du traurig bist oder Angst hast. Ich kümmere mich echt nicht gut um dich, es ist schlimm.« Er fuhr sich mit den Fingern durch die Haare. Ich schenkte ihm ein winziges Lächeln.

»Ich meine die großen Häuser in Camden, das große weiße mit dem BMW in der Auffahrt zum Beispiel«, sagte Rocco.

Ich nickte.

»Es dürfte doch nicht allzu schwer rauszufinden sein, wann die Leute abends mal nicht da sind, oder? Dann schleichen wir uns rein, lassen ein paar hundert Pfund aus Daddys Vorrat mitgehen und hauen wieder ab, ohne irgendwas anzufassen. Das kriegen die bestimmt nicht mal mit, wir wären quasi unsichtbar.«

Ich musste kurz lachen. Letzte Nacht hatte ich von Mum und Dad geträumt. Dad war ganz in Weiß gewesen und konnte Mum nicht sehen, obwohl sie direkt vor ihm stand. Dann fing er an zu schreien, und ich wachte völlig verschwitzt auf.

»Können wir uns nicht ein bisschen Geld von dieser Nachbarin leihen?«, schlug ich vor und zupfte an einer Zeitungsecke herum. Rocco sah auf seine Finger. »Und wir haben ja auch noch dein Gehalt.«

»Wir müssen aber mal anfangen, die Rechnungen zu bezahlen«, sagte er, setzte sich aufs Bett, breitete eine Karte von London auf seinen Knien aus und zeigte auf eine Straße nicht weit von hier. »Es wär bestimmt interessant, mal irgendwo einzubrechen. Was meinst du?« So wie er das sagte und mich dabei mit diesem festen Lächeln und seinen nachdenklichen grünen Augen ansah, klang es irgendwie ganz vernünftig.

Meine Hand, die auf Roccos Bein lag, zitterte ein wenig, so angestrengt dachte ich darüber nach. »Es ist leicht, dem Tageslicht zu entkommen«, sagte Rocco und legte seine Hand auf meine, unter der die Maus war, »aber die Nacht ist unentrinnbar, und Träume sind der eiserne Käfig.«

»Von wem ist das?«

»Truman Capote.«

Ich fühlte mich von der ganzen Situation überfordert. Es fielen immer mehr gefrorene Motten aus den Ritzen in der Decke, und der Schuhkarton war langsam voll. Die ältesten Exemplare sahen schon längst nicht mehr schön aus. Ihr Flügelstaub bedeckte den grauen Boden des Kartons, weich wie Zigarettenasche. Ich schob sie mit einer Karte ein wenig herum, so dass sie nicht übereinanderlagen, aber eine ging dabei kaputt, die Flügel lösten sich von ihrem Rücken.

An den Zinnsoldaten gefiel mir, dass sie genauso hübsch waren wie die Motten, aber immer gleich blieben und nicht vergingen. Ich fragte mich, ob im Inneren einer Motte eigentlich Blut fließt wie in einem Menschen.

Unser Großvater, der an Krebs gestorben ist, schwor zeit seines Lebens auf Brennnesseltee. Er sagte immer: »Wisst ihr, warum ich geistig immer noch so hellwach bin wie als junger Mann? Brennnesseltee.« An einem Tag mitten in den Sommerferien, als es nichts zu tun gab, außer Spiele zu erfinden, die man im Garten spielen konnte, ohne dabei Mum und Dad zu nerven, pflückten Rocco und ich einmal alle Brennnesseln vom Rand der Blumenbeete. Wir zogen uns diese großen Handschuhe mit den dicken Fingern und den elastischen Bündchen an und rissen damit die Nesseln aus der Erde. In unserem Garten gab es viele davon, unheimliche, piksende, grüne Stengel, deren nickende Köpfe zwischen tropfenden lila Blüten und zartgefächerten Gänseblümchen hervorschauten. Wir legten sie zu einem großen Haufen am Rand des Gartens zusammen und zerstießen sie dann mit einem Kochlöffel zu einem faserigen, grünen Matsch, der den Boden der Tassen und das Holz des Löffels verfärbte.

Rocco setzte den Teekessel auf, und wir gossen den Matsch mit heißem Wasser auf. Das Ergebnis war eine schleimige grüne Masse, die wir durch Mums silbernes Teesieb abgossen, so dass wir am Ende eine Tasse sumpfig grünes Wasser vor uns hatten. Mittlerweile war es abgekühlt, aber wir tranken es trotzdem in kleinen Schlucken. Es schmeckte nach Gras und überhaupt nicht, als würde es uns ungeahnte Kräfte verleihen können.

Wie so oft wünschte ich mir auch jetzt, dass Grandpa noch da wäre. Er wusste immer, was zu tun war, und es gab so viele ganz alltägliche Sachen, die ich nicht verstand. Ich wusste zum Beispiel nicht genau, was eine Hypothek war oder wie man bei der Bank einen Scheck einlöste oder wie man einen Reifen wechselte. Grandpa kannte sich mit so was aus, wir anderen waren alle viel zu weltfremd.

Ich stand vor dem Spiegel im Bad und putzte mir gerade die Zähne, als Rocco von hinten an mich herantrat und mir die Hände um die Hüfte legte. Er war mehrmals bei dem weißen Haus gewesen und hatte mir von seinen Plänen erzählt. Er wusste inzwischen, wann die Bewohner nicht da waren und wo sich die Eingänge befanden. Als Kind hat er oft geklaut, nur um zu sehen, ob er erwischt wird. Wurde er aber nie. Kaugummi, Zeitungen, Zigaretten, Eis für mich, lauter Kleinkram.

»Die Gelegenheit ist günstig«, sagte er.

»Heute?« Mir wurde flau.

»Der Mann ist anscheinend übers Wochenende weggefahren, und die Frau geht freitags immer weg.«

»Kinder?« Ich spuckte die Zahnpasta ins Waschbecken, hielt meine Bürste unters Wasser und stellte sie in den kleinen Becher, dann spülte ich mir den Mund aus. Ich drehte mich zu Rocco herum. Ich trug Boxershorts und ein T-Shirt von Dad. Die Leute sagen immer, man würde im Spiegel anders aussehen als in echt, aber Rocco sah genau gleich aus. Ich gab ihm einen Kuss auf die Wange.

»Keine Kinder«, sagte er. Ich ging aus dem Bad und die Treppe hinauf zu unserem Dachzimmer, Rocco kam mir hinterher. Ich nahm meine Flöte, richtete sie wie eine Pistole auf ihn und tat, als würde ich abdrücken. Dann ließ ich mich nach hinten auf sein Bett fallen, als hätte mich jemand geschubst.

»Wann genau verlässt sie denn das Haus?« Ich stellte die Beine auf und sah Rocco durch sie hindurch an.

»Punkt elf, Isabel. Falls wir zu früh dran sind, lassen wir uns schon was einfallen.« Er lachte, fuhr sich durch die langen Haare und sah mich an. »Kommst du mit, oder soll ich allein gehen?« Der Knoten in meinem Bauch zitterte. Ich zog mir schwarze Klamotten über den Schlafanzug, setzte Mums schwarzen Hut auf und zog Handschuhe an. Rocco warf sich einen Beutel über die Schulter, und dann gingen wir zur Hintertür hinaus.

Draußen mussten wir so vorsichtig über die vereisten Straßen tappen, als würden wir auf rohen Eiern laufen. Unser Atem gefror. Der Himmel war schwarz wie Moos und wurde vom orangefarbenen Schein der Straßenlaternen angestrahlt. In den letzten Tagen war der Schnee so schnell geschmolzen und dann wieder gefroren, sodass eine Schicht graues Eis mit weißen Spitzen auf den Dächern lag, als hätte sie jemand mit einem Textmarker hervorheben wollen. Wir gingen Hand in Hand.

Es war etwa halb elf, und in Camden war noch viel los. Aus den Bars mit den Plastikschildern darüber wummerte Musik, und dick eingepackte Leute standen frierend davor. Wir beschlossen, dass wir noch was trinken gehen sollten. Ehrlich gesagt, glaubte ich nicht mehr daran, dass wir diese Sache wirklich durchziehen würden. Wir betraten einen Pub, setzten uns still in eine Ecke, tranken Wodka Tonic und aßen gedankenverloren ein paar Erdnüsse. Ich bin nicht sicher, wieso ich das alles überhaupt in Erwägung zog. Ein Außenstehender könnte vermuten, dass ich einfach immer alles machte, was mein Bruder von mir wollte. Vielleicht stimmt das in den meisten Fällen, aber das hier reizte mich wirklich. Ich hatte meine Haare zu einem hohen Pferdeschwanz gebunden, der mir über den Rücken wischte, und trug fettigen, roten Lippenstift. Im Pub war es voll und laut, und wir versuchten nicht einmal, gegen die Geräuschkulisse anzureden. Rocco rauchte und sah sich um. Es roch nach Schweiß, Kerzenwachs, Zigaretten und Bier. Jemand hatte Limonade verschüttet, der Tisch war klebrig und verströmte einen süßlichen Geruch.

Hinter Rocco saßen vier betrunkene Männer, und mir fiel auf, wie unattraktiv sie im Vergleich zu meinem Bruder waren. Selbst im schummrigen Licht des Pubs wirkten ihre Gesichter aufgedunsen und maskenhaft. Ich betrachtete Roccos Profil, die dichten Augenbrauen, die dunkle Haut, samtig und glatt. Er hob die Zigarette und zerschnitt damit den Raum in kleine Teile, kniff ein Auge zu und hielt sie in der Luft wie ein Künstler seinen Bleistift. Er nahm ein blondes Mädchen mit kurzen Beinen und großen Brüsten ins Visier und wandte sich dann einem knutschenden Pärchen zu.

Rocco nickte in Richtung der Blonden.

»Jungfrau«, sagte er, und ich hob ungläubig die Augenbrauen. Sie war ziemlich hübsch, gestikulierte viel mit den Armen beim Reden, und ihre Jeans spannte sich so eng über ihren großen Hintern, dass man die Ränder ihrer Unterwäsche erkennen konnte. Sie sah gut aus, aber sie schien sich in ihren Klamotten nicht wohl zu fühlen. Ich zuckte kopfschüttelnd mit den Schultern. Entweder hatte sie jede Menge Sex und Spaß daran, oder Rocco lag richtig, und sie war tatsächlich noch Jungfrau, denn ihre Augen sahen kein bisschen unglücklich aus.

Nach unserem schnellen, unentspannten Drink durchquerten wir entschlossenen Schrittes die noch immer dichtbevölkerte Hauptstraße. An ihrem Ende bogen wir rechts ab. Ich lief mehr oder weniger blind vor mich hin, mein Kopf hatte sich abgeschaltet, vielleicht war es die Aufregung. Roccos große Hand umschloss tröstlich meine. Noch einmal bogen wir links ab, und dann konnten wir das Haus auch schon sehen. Es stand allein und isoliert auf der Ecke, gegenüber befand sich nur ein unbebautes Grundstück. Der BMW, der sonst immer in der Einfahrt stand, war nicht da, und es brannte kein Licht im Haus, alle Fenster waren dunkel. Ich war mir sicher, dass sich dahinter ein kleiner, perfekt gepflegter Garten befand, in dem im Frühling Tulpen und Rhododendron blühten. Es war ein flaches, zweistöckiges Gebäude mit breiter Front, aber nicht sehr tief.

Rocco und ich gingen um das Haus herum. Wir hielten

uns immer noch an den Händen. Der Garten war von einer Backsteinmauer umgeben. Rocco machte mir eine Räuberleiter, und ich glitt leise auf der anderen Seite herunter. Er reichte mir die Tasche und sprang dann selbst mühelos über die Mauer. Es war ein völlig lautloses Manöver gewesen.

Es ist faszinierend, wie anders alles bei Nacht wirkt. Das Haus, das normalerweise so friedlich aussah mit seinen weißen Wänden und den großen, einladenden Fenstern, schien uns jetzt misstrauisch zu beäugen. Es erinnerte mich an ein Spukhaus aus einem Kinderbuch, als würde es den Mund verziehen, die Fensterbögen wie Augenbrauen.

Wir schlichen durch den Garten. Im ersten Stock war ein Fenster angekippt, aber es war zu weit oben, um hochzuklettern. Rocco deutete mit dem Kopf auf das größte Fenster, dort würden wir nur einen Flügel kaputtmachen müssen, um durchzupassen. Er holte einen Pullover aus der Tasche, wickelte ihn sich um die Hand, schlug in die Ecke der Fensterscheibe, und schon regneten uns winzige Scherben um die Füße.

Ich glitt durch das Viereck hinein. Ich kam mir stumm und blind vor. Das Fenster führte ins Esszimmer. Hier gab es keine Kinder, alles war viel zu weiß und zu ordentlich dafür. Der Mann arbeitete wahrscheinlich in der IT-Branche, und die Familie wohnte bestimmt noch kein Jahr hier, es roch nach Lack und Farbe.

Ich ging zur Hintertür, wo der Schlüssel unschuldig im Schlüsselloch steckte, und öffnete die Tür. Rocco betrat geräuschlos das Haus und sah sich um. Ich hatte das komische Gefühl, unter Wasser zu sein, als ob ich mich nur gleitend fortbewegen und nur mit Hilfe von Handzeichen kommunizieren konnte. Ich schwamm in die Küche. Sie war klein und aufgeräumt, mit weißen Arbeitsplatten und einem riesigen, summenden Einbaukühlschrank. Die Räume wirkten unbewohnt, überall klinisch weißes Plastik und alles wie mit dem Lineal ausgerichtet. Ich zeigte nach oben, und Rocco nickte. Wir gingen die breite, mit hellem Teppich belegte Treppe rauf in den ersten Stock.

Ich betrat das Schlafzimmer, das Bett stand genau in der Mitte, auf beiden Seiten waren Nachttische, an den Wänden links und rechts identische Kleiderschränke. Die Tür zum Badezimmer war nur angelehnt. Ich hörte Rocco leise in ein anderes Zimmer gehen und öffnete eine Nachttischschublade, in der ich lediglich ein Buch, einen Stift und einen Tampon fand. In der anderen lagen fünfzig Pfund, ein Scheckheft und ein Notizblock. Ich steckte das Geld ein. Dann durchsuchte ich den Kleiderschrank auf der Seite des Mannes und klaubte noch einmal fünfzig Pfund in Hosen und Jackentaschen zusammen.

Ich hatte plötzlich ein ungutes Gefühl und wollte gehen. Rocco durchwühlte im Arbeitszimmer die Schreibtischschubladen und drehte sich mit einem breiten Grinsen zu mir um. In der Hand hielt er einen Stapel Geldscheine. Ich nickte nur und bedeutete ihm, dass wir verschwinden sollten. Er hob einen Finger – einen Moment noch –, und ich trat von einem Fuß auf den anderen und erstickte beinahe an der Stille. Meine Hände fingen an zu zittern. Rocco dagegen war völlig ruhig.

Plötzlich wurde unten die Haustür geöffnet und wieder zugeschlagen. Rocco sah auf und steckte schnell das Geld ein. *Was machen wir jetzt?*, fragte ich ihn mit den Augen. Ein Paar nackter Frauenfüße kam die Treppe hinauf. Wir erstarrten.

Die Frau betrat das Schlafzimmer, ließ die Tür offen stehen und warf sich auf das Bett. Rocco durchquerte lautlos den Flur, schloss ohne mich anzusehen die Schlafzimmertür und drehte den Schlüssel herum. Ich war schockiert, mit welcher Leichtigkeit er so etwas Gemeines hatte tun können, und sah ihn erschrocken an. Rocco zuckte nur mit den Schultern und erwiderte meinen Blick.

»Wer ist da?«, fragte die Frau ängstlich.

Der Stimme nach zu urteilen war sie wahrscheinlich Ausländerin. Rocco und ich gingen nach unten. Sie begann an der Tür zu rütteln. Ich versuchte ihr Rufen auszublenden, wie sie gegen die Tür hämmerte und schrie. Wir verließen das Haus durch die Hintertür und den Garten. Rocco half mir über die Mauer und kletterte schnell hinterher.

Auf der anderen Seite liefen wir zügig die Straße hinunter. Ich schwitzte und fühlte mich zerbrechlich wie Glas. Als wir ein Stück gegangen waren, umarmte mich Rocco plötzlich fest. Die Umarmung roch nach Schweiß und Erleichterung.

Zu Hause begann ich haltlos zu kichern, bis mein Kopf zu schweben schien. Ich zitterte vor Kälte. Wir setzten uns in die verdreckte Küche und aßen Reste von einer Bestellung beim Chinesen. Nach dem Lachen und der ganzen Aufregung war ich erschöpft.

»Was denn?«, fragte Rocco genervt, als er bemerkte, dass ich ihn ansah.

»Ich seh dich nur an.«

»Und warum?« Er schob den Karton mit dem kalten Reis weg.

»Nur so.«

»Was?«

»Nur so!« Ich lachte.

Wir aßen schweigend weiter. Ich zog die Vorhänge zu. Wir redeten nicht darüber, was wir gerade getan hatten.

Rocco nahm meine Hand. »Du fühlst dich heiß an«, sagte er. Ich zuckte nur mit den Schultern. Ich wünschte mir, ich hätte Jackson nie getroffen, vor allem, dass ich nicht mit ihm geschlafen hätte. Immer wieder blitzten Erinnerungsfetzen in mir auf, auch wenn ich gerade etwas ganz anderes machte. Wie er in mir drin war und mich nicht ansah, zum Beispiel.

Kurz nachdem wir hier in dem verrauchten Zimmer in Paris ankamen, saßen wir auf unserem ungemachten Bett, und Rocco fragte mich, ob ich Jackson je geliebt hätte. Ich sagte, nein, ich hab ihn nie geliebt. Ich habe mit ihm geschlafen, und es hat mir Spaß gemacht, aber geliebt habe ich ihn nicht. Dann hat er mir weh getan, und ich war erleichtert, dass ich ihn nie geliebt hatte.

18
Der Vermieter

Rocco drückte mir gerade einen Kuss auf die Stirn, als ich plötzlich jemanden in der Küchentür stehen sah. Mein Herz machte einen Sprung und begann wie verrückt zu schlagen. Ich wich von Rocco zurück, und einen kurzen, schönen Moment lang dachte ich, dass Dad vielleicht nach Hause gekommen war, gesund und gutgelaunt, als wäre nichts gewesen. Es war aber nicht Dad, sondern der Vermieter mit der Hakennase und dem verrutschten Gesicht.

»Da bin ich wieder«, sagte er auf seine bedächtige Art und trat einen Schritt in unsere schmutzige Küche. Ich schloss die Hände um die Maus, hielt sie auf dem Schoß und streichelte ihre kleinen Ohren. Wir starrten den Mann an.

»Verdammte Scheiße, wie sind Sie denn hier reingekommen?«, fragte Rocco.

»Ich hab mich mal im Haus umgesehen. Schlimm sieht's hier aus!« Der Mann stand düster und schwerfällig im Türrahmen und rieb sich die große Nase.

»Wie sind Sie hier reingekommen?«, fragte Rocco noch einmal mit erhobener Stimme.

Der Mann kratzte sich kurz an der Schulter.

»Mit dem Schlüssel«, sagte er schließlich, als wäre es

ganz selbstverständlich. »Hat euch eure Mutter nicht von unserer Abmachung erzählt?«

»Nein«, sagte Rocco leise. »Wir haben weder mit Mum noch mit Dad gesprochen.«

Der Vermieter seufzte. »Eure Eltern schulden mir eine ganze Menge Geld, der Antiquitätenladen ist nun wahrlich keine Goldgrube, und sie zahlen seit einer Weile keine Miete mehr. Die Zinsen mit eingerechnet, kommt da ein schönes Sümmchen zusammen. Also hab ich sie ausfindig gemacht.«

Ich war empört. Mein Mund wurde trocken.

»Die erzählen euch nicht viel, hm? Sie haben mir das Haus verkauft, weil sie sowieso eine Zeitlang weg sein werden.«

Ich musste schmerzhaft schlucken.

»Das hätten sie uns gesagt«, flüsterte ich schwach. So schlimm konnte es einfach nicht gekommen sein, dachte ich. »Sie hängen doch an diesem Haus.«

»Eure Mutter hasst dieses Haus«, ließ uns der Vermieter wissen. »Ist ganz schön kalt hier, nicht? Na ja, ihr Kinder konntet bestimmt die Gasrechnung nicht bezahlen. Ist ja auch nicht so wichtig«, sagte er gönnerhaft. »Ich mach mir dann mal einen Tee, ja?«

Er stellte den Wasserkocher an. Das summende Geräusch fand ich sonst immer tröstlich, aber jetzt klang es wie ein Schwarm Heuschrecken.

»Jetzt passt mal auf«, sagte der Vermieter und schloss langsam die dicken Lider. »Ich will aus dem Haus hier mehrere Wohnungen machen. Eure Eltern haben es mir unter der Bedingung verkauft, dass ich euch das Dachzimmer lasse und ihr nur ein bisschen Miete zahlen müsst. Ihr habt beide Jobs, nehme ich an. Mummy und Daddy haben die lieben Kleinen anscheinend nicht ganz vergessen.« Seine Lippen bewegten sich kaum, wenn er sprach, und ich überlegte, ob in seinem riesigen, klebrigen Mund überhaupt eine Zunge war. Seine Anwesenheit und der Verrat an unserem Haus taten mir fast körperlich weh. Feuchtigkeit stieg in den Wänden auf, das Origamipapier zerknickte und fiel langsam in sich zusammen.

Der Mann holte ein paar zerknitterte Unterlagen aus der Tasche, die er auf dem Boden abgestellt hatte, und legte sie bedächtig und selbstzufrieden vor Rocco und mich hin. Es war ein Kaufvertrag, Mums ordentliche Unterschrift unten auf der gepunkteten Linie zeigte deutlich, dass unser Haus ab jetzt jemand anderem gehörte. Ich strich über die Unterschrift. Der Mann goss sich Tee auf und lehnte sich gegen die Arbeitsplatte.

»Ihr habt das Haus völlig verkommen lassen. Die Wände sind feucht, die Rohre sind hin, aber ich denke, das kriegt man schon überdeckt. Werden trotzdem hübsche Wohnungen draus.«

»Ich glaube das einfach nicht«, sagte ich. Der Mann nahm vorsichtige Schlucke von seinem Tee.

»Ich habe gerade mit eurer Mutter telefoniert.«

»Und wo sind sie jetzt? Wieso hat sie sich nicht bei uns gemeldet?«

Er zuckte mit den Schultern. »Keine Ahnung. Ich kenn mich mit Familien nicht aus. Ich weiß nur, dass sie nicht mehr herkommen wird, und alles andere ist mir ziemlich egal. Die Umbauarbeiten fangen erst in zwei Wochen an, ihr habt also genug Zeit, eure Sachen zu packen. Die Antiquitäten und die Möbel gehören ab jetzt mir, aber alles, was oben im Dachzimmer ist, könnt ihr behalten. Wenn ich das nächste Mal komme, will ich den Flur voller Umzugskartons sehen und keine blöden Fragen mehr hören.«

»Geht klar«, sagte Rocco.

»Freut mich. Schön, dass wir das jetzt hinter uns haben. Wir sehen uns dann in zwei Wochen.«

Nachdem sich die Tür geschlossen hatte, spürte ich einen solchen Hass in mir wie noch nie zuvor. Ich hatte Mum und Dad nie gehasst, auch wenn ich das manchmal dachte. Dieser alles zerstörende Felsbrocken aus Schmerz in mir ging jedoch viel tiefer als jedes Nichtmögen. Es fühlte sich an, als ob man krank wird, wie eine Lebensmittelvergiftung, die gerade in meinem Bauch entstand.

Ich weiß noch, wie Rocco und ich mit acht mal von der Schule nach Hause gekommen und in die Küche gerannt waren, die Augen glänzend und innerlich aufgewühlt, weil wir einer kleinen Lache Motoröl zugesehen hatten, die über eine Pfütze geglitten war, als wäre sie lebendig. Wir waren begeistert von dem zitternden Medaillon, das nach und nach die Form einer Eidechse annahm. Die Farben faszinierten uns, und Rocco piekte mit einem Stock hinein, woraufhin die Haut erzitterte und aufbrach. Die Farben liefen aus und veränderten sich, die Überreste schillerten auf der Wasseroberfläche.

Rückblickend ist es fast ein bisschen lächerlich, wie aufgeregt wir dank eines kaputten Autos waren, das

Motoröl verloren hatte. Aber auch wenn dies nicht das erste Mal war, das uns am nachhaltigsten beeindruckte – es hatte ja nichts mit Sex oder Liebe zu tun –, hatte es trotzdem eine Bedeutung für uns. Motoröl finden Erwachsene nur deshalb nicht mehr aufregend, weil sie wissen, wo es herkommt und was es ist. Wenn man es aber stattdessen als flüssige Farbe wahrnimmt, dann ist es mindestens so schön wie Feuer oder ein unanständiges Bild von Ingres.

Dad war allein, als wir an diesem Tag nach Hause kamen. Wir schwatzten immer noch aufgeregt von dem klebrigen, bunten Tier, das in der Pfütze wohnte. Dad sah auf uns herab und bat uns, langsam zu sprechen. Er hatte dasselbe wundervolle Lächeln wie Rocco heute. Er beschloss, uns eine kleine Chemiestunde zu geben. Wir saßen in der gelben Küche, die Augen auf unseren Dad geheftet, der eine grüne Tweedhose und einen karierten Wollpullover trug. Damals ging es ihm noch viel besser. Er gab ein bisschen Waffenöl in ein Glas Wasser, das sich sofort in muntere Murmeln zerteilte und auf der Oberfläche trieb. Dad erklärte uns, wie vor Millionen von Jahren Tiere im Wasser gestorben und dann auf den Meeresgrund gesunken waren, wie sie langsam von immer mehr Tieren bedeckt wurden und dieser Bodensatz schließlich zu einer dickflüssigen, grauen Masse namens Erdöl zusammengepresst wurde. Er zählte uns die verschiedenen Ölsorten auf, sprach von Kohlenwasserstoffen und Destillationsmethoden, aber wir wollten eigentlich nur mit dem Öl im Wasserglas spielen. Rocco verstand Dads Erklärungen vielleicht sogar, aber ich konnte mir beim besten Willen nicht vorstellen, dass in der herrlichen Flüssigkeit zusammengepresste Tiere sein sollten. Ich dachte an winzige Käfer, die unter der Ölhaut gefangen waren und dafür sorgten, dass sie so wackelte. Ich hatte im Gegensatz zu Rocco nie Freude an Fakten. Fakten kamen mir immer wie eine Wand vor, die die Wolken nicht Wolken und die Bäume nicht Bäume sein lassen wollte.

»Ich will bei Jackson etwas mitgehen lassen«, sagte ich in die Stille hinein. Der Tee, den sich der Vermieter gemacht hatte, stand immer noch heiß und halbgetrunken auf dem Tisch.

»Seine Mutter geht doch Samstagabend immer zu so einem Kunstkurs, oder?«, erwiderte Rocco. »Und Jackson ist bestimmt auch unterwegs.« Er spielte mit der Zellophanhülle seiner Zigarettenschachtel herum, zog sie herunter und zündete eine Ecke mit dem Feuerzeug an. Die Folie schmolz blitzschnell zusammen, löste sich fast ganz auf, und übrig blieb nur ein stechender Geruch nach verbrannten Haaren. Der graue Rauch driftete durch die dunkle Küche, ich konnte ihn schmecken.

19

Affären und drogenabhängige Senioren

Paris ist voller Klaviermusik. Klaviermusik konnte ich noch nie leiden. Ich kann zwar Klavier spielen, aber ich habe immer das Gefühl, dass sich diese hohlen Töne nicht miteinander verbinden, dass sie nur für einen kurzen Moment aufflackern, dann aber gleich im Klang des nächsten Tons verschwinden. Bei der Flöte dagegen hüpfen die Töne raus und fallen ineinander. Früher mochte Dad Klaviermusik, abends saß er oft in der Küche, las Zeitung und hörte Bach. Er konnte sich stundenlang in die Zeitung vertiefen, las nicht nur die Überschriften und den einen oder anderen Artikel wie die meisten Menschen, sondern arbeitete sich tatsächlich konzentriert durch jeden einzelnen Beitrag, unterstrich sich manche Sätze und riss ab und an einen Artikel aus, der dann in seine unordentliche Sammlung kam. Manchmal las ich mir diese Artikel durch, aber es ging immer nur um historische Irrtümer, und das fand ich langweilig.

Rocco beschwert sich, dass ich gar nicht mehr Flöte spiele, aber wie auch. Sie ist noch in London, genauso wie die humpelnde Taube und der Rest der Zinnsoldaten. Ich wünschte, ich könnte ihm den Unterschied zwischen Musik und Worten erklären, der mich so stört. Es war Dad, der mir von Sokrates und dessen Grundsatz erzählt hatte, dass die Welt ist, wie sie ist, weil ständig Gegensätze aufeinander einwirken. Von ihm stammt das berühmte Zitat »Die Welt ist stetig im Fluss«. Es gibt Licht, und es gibt Dunkel, aber wenn beide aufeinandertreffen, bricht der Tag an, oder es dämmert. Alles auf der Welt ist endlos im Wandel und bewegt sich vorwärts, nichts wird je wieder so, wie es einmal war.

Musik ist schön, weil darin die Bewegung und die Energie zusammengefasst werden, die die Welt ausmachen, gegensätzliche Töne ergeben zusammen eine Melodie. Wörter sind schön, weil sie etwas selten Beständiges darstellen. Sie können rhythmisch sein, einen in ihren Bann schlagen oder auch langweilen, der Großteil von ihnen aber verändert sich nicht. Was uns in London passiert ist, vermag ich nicht mit meinem Atem in der Flöte auszudrücken. Auf diesen herrlich geraden Zeilen kann ich es aber. Condivi hat von der Zeit gesprochen, »die alles verschlingt«, aber Wörter verschlingt sie nicht, Wörter verschlingen vielmehr die Zeit, halten sie innerhalb eines Vernunftrahmens gefangen. Die Zeit macht mir Angst. Rocco will nicht, dass sie vor- oder zurückgestellt wird, dass sie stehenbleibt oder ihr Innerstes nach außen kehrt. Dass sie ununterbrochen in kleinen Schritten vergeht, ist aber in Ordnung für ihn.

Im Moment muss ich ständig bei mir tragen, was ich aufschreibe. Ich nehme es mit ins Café, und wenn wir zu Hause sind, verstecke ich das Buch unter dem Bett, denn Rocco hasst diese Wörter mittlerweile so sehr, dass ich Angst habe, er könnte das Notizbuch wegwerfen. Gestern hat er mich geschlagen; seitdem wir aus London weg sind, wird er immer aggressiver. Ich glaube, er wollte es gar nicht, es war auch nur eine Ohrfeige, aber es hat mich erschreckt, weil Dad dasselbe mit Mum getan hatte.

Als Dad immer mehr abmagerte und immer müder wurde, stritten sich Mum und er auch immer öfter. Wir hockten uns vor ihre Schlafzimmertür und lauschten. Wie zwei kleine Iagos drehten wir die Heizung im Haus auf, damit den beiden noch heißer würde. Wir waren wütend auf sie, weil sie uns in den letzten Wochen so vernachlässigt hatten, und das Haus in eine Sauna zu verwandeln war unsere kleine Rache.

»Aber warum denn nicht?«, rief Mum.

Ich sah meinen Bruder verwirrt an, der zu einer heißen Kugel zusammengekauert vor der Tür saß und das Ohr dagegendrückte.

Ich stellte mir vor, wie Dads schmale Lippen unzufrieden verzogen waren, sein Körper kantig, die Gelenke spitz. Mum fing jetzt an zu weinen, die Hitze umgab uns alle wie Schleim.

»Die Antwort ist nein, und dabei bleibt es«, sagte er. Er stand bestimmt dicht vor ihr, sein heißer Atem auf ihren weichen Wangen.

»Aber wieso denn nicht?«, flüsterte sie.

»Ist dir auch so warm?«, fragte Dad. »Die Scheißkinder haben schon wieder an der Heizung rumgemacht. Verdammt noch mal, Kate, wir hatten es doch mal schön zusammen.«

Darauf folgte Schweigen, und Rocco und ich warteten gespannt, was jetzt kam, bis wir auf einmal eklige, schmatzende Geräusche hörten, Seufzer und Quietschen und schnell hoch in unser Zimmer rannten, um die beiden dort unten allein in ihrem Schweiß vergehen zu lassen.

Ich musste an diesen Abend denken, an diese wahnsinnige Hitze, denn in der Zwischenzeit hatte man uns die Heizung abgestellt, und Rocco und ich froren erbärmlich. Wir wollten unser Geld nicht für Rechnungen verschwenden, vielleicht ahnten wir auch, dass wir es bald für etwas Wichtigeres brauchen würden, also froren wir lieber.

Jacksons Haus war unserem ziemlich ähnlich, eine weiße, zweistöckige Doppelhaushälfte in einer Nebenstraße in Camden. Genau wie unseres hatte es einen kleinen Garten, war aber wesentlich gepflegter.

Ich weiß nicht, wieso wir das überhaupt machten.

Es war früher am Abend als beim letzten Mal, und Jacksons Haus ist näher an unserem als das andere. Es steht am Ende der Straße, weshalb man einfacher von hinten in den Garten kam, aber wir mussten auch vorsichtiger sein, weil die Gegend belebter war. Wir schafften es über die Mauer, ohne dass uns jemand sah, und hockten uns hinter einen Busch, um wieder zu Atem zu kommen. Im hinteren Teil des Gartens standen ein weißer Tisch und ein paar Stühle, einer davon war vom Wind umgeweht worden. Der Schnee im Gebüsch verpasste mir einen nassen Fleck am Hintern. Als mir schon die Beine weh taten, standen wir endlich auf.

Wir gingen auf das Haus zu, hielten uns dabei am

äußersten Rand des Gartens, wo die Schatten am dichtesten waren. Diesmal schlug Rocco jedoch kein Fenster ein, sondern holte stattdessen einen Drahtbügel und ein Stück Plastik aus der Tasche. Nach kaum einer Minute standen wir bei Jackson im Flur.

Ich war schon oft hier gewesen, hatte mich sogar einmal nachts mit ihm zusammen reingeschlichen, weil wir länger draußen geblieben waren, als er durfte. Jetzt war die Atmosphäre im Haus eine ganz andere. Rocco und ich lauschten, ob irgendein menschlicher Laut zu vernehmen war, konnten aber nichts hören. Wir wussten nicht, dass Jacksons Großvater in der oberen Etage vor sich hin döste und darauf wartete, dass seine Tochter vom Zeichenkurs nach Hause kam.

Rocco und ich schlichen hinauf in den ersten Stock. Wir wussten genau, wo wir suchen mussten. Als Erstes gingen wir an einen Schrank im Schlafzimmer von Jacksons Mutter, wo er sich ab und zu Geld geklaut hatte. Ich warf ein paar Scheine und lose Münzen in Roccos Tasche. Ich hatte keine Ahnung, wie viel es war. Wir durchsuchten das Zimmer, fanden hier und da etwas. Plötzlich hörten wir ein Geräusch von oben. Wir erstarrten, aber es blieb still.

Vor Jacksons Zimmer warf ich einen Blick zurück zu Rocco. Er nickte mir zu, aber ich legte nur die Hand um den kühlen Knauf, bis Rocco seine Hand auf meine legte und ihn für mich drehte. Ich wandte mich zu ihm um und fühlte seinen warmen Atem auf meinen Lippen. Wir betraten das kleine Zimmer, das zur Straße hin lag. Die Wände waren mit Postern beklebt. Auf einem war eine ganz in Schwarz gekleidete Rockband, deren dunkelumrandete Augen mich mit ernstem Blick verfolgten. Eine blonde Frau in einem roten Slip und mit rotlackierten Nägeln lag auf der Motorhaube eines glänzend roten Autos und bedeckte ihre Brüste mit den Händen, eine Popsängerin lächelte in Jeansshorts und einem Bikinioberteil. Auf Jacksons Schreibtisch lagen ein paar Schulbücher und ein linierter Schreibblock, auf den er mit blauer Tinte ein Bild gekritzelt hatte, und ein paar Kulis, insgesamt war es sehr aufgeräumt. Die Schubladen waren alle geschlossen, der Fußboden sauber, bis auf ein paar CDs ohne Hülle. Im Kleiderschrank hingen die Sachen vorbildlich auf Bügeln. Ruhig und gewissenhaft schlitzte ich mit Jacksons Schweizer Taschenmesser jedes einzelne T-Shirt und jedes einzelne Hosenbein auf, während Rocco jede einzelne seiner CDs in der Mitte durchbrach.

Dann zog ich die Schreibtischschubladen auf und fand darin genau das, was ich erwartet hatte: viel Gras und ein bisschen Piece, das in mehrere Lagen Frischhaltefolie gewickelt war. Außerdem zwei Schachteln Zigaretten, drei Feuerzeuge, eine große Flasche Wodka und ein kleines Plastiktütchen mit etwas, das aussah wie Magic Mushrooms. Rocco grinste. Ich nahm Jacksons Vorrat, ging damit rüber ins Schlafzimmer und kippte es auf dem Bett seiner Mutter aus. Jackson achtete sehr darauf, dass seine Mutter, die ihn über alles liebte, nichts von seinem Drogenkonsum mitbekam. Sie hätte dafür wenig Verständnis gehabt.

Im selben Moment hörten Rocco und ich wieder ein Geräusch. Diesmal waren wir uns sicher. Ich hielt erschrocken den Atem an. Das waren eindeutig Schritte und das Knarren einer Diele. Wir sahen einander an. In der Ferne jaulten Sirenen.

Wir traten ängstlich hinaus auf den Flur. Die Sirenen kamen näher, und das Herz schlug mir bis zum Hals, schlug immer schneller, je näher sie kamen.

»In Camden hört man doch immer von irgendwo Sirenen«, flüsterte Rocco, »guck nicht so ängstlich.« Ich sah zur Treppe, die in den zweiten Stock hinaufführte, und entdeckte den Schatten eines großen Mannes. Er machte einen Schritt nach vorn, dann sah er uns unten an der Treppe und blieb stehen.

Die Sirenen waren jetzt sehr nah, aber mein Körper schien mit zähflüssigem Schwermetall ausgefüllt. Meine Beine bewegten sich einfach nicht. Ich wollte raus aus diesem Haus. Dann fasste sich Rocco plötzlich, griff nach meiner Hand, zerrte mich zum nächsten Fenster und öffnete es weit. Es war das Flurfenster, ein Stockwerk über dem Garten.

»Isabel, die Sirenen haben nichts mit uns zu tun«, sagte er. »Man hört in Camden immer Sirenen, das weißt du doch.«

Ich sah ängstlich hoch zur Treppe.

»Wirklich nicht, ich verspreche es dir«, flüsterte Rocco und drückte meine Hand. Er ließ den Beutel aus dem Fenster fallen, und er landete mit einem dumpfen Geräusch auf dem Rasen vor der Terrasse. Rocco kletterte als Erster raus und hielt sich am kalten Metall der Regenrinne fest. Ich betrachtete sein Gesicht, das im Dunkeln leuchtete, während er langsam daran hinunterglitt. Sein

Mund schien zu lächeln, und seine Augen blitzten. Es sah eigentlich gar nicht so schwer aus. Ich folgte ihm und fiel das letzte Stück einfach hinunter. Ich wurde hysterisch, doch ich landete weich, nur meine Hände waren zerschrammt von dem rostigen Metall. Die Sirenen bogen in Jacksons Straße ein, Rocco und ich hatten keine Zeit mehr zu verlieren, rappelten uns auf und machten, dass wir über die Mauer kamen.

Als ich mich gerade wieder ein bisschen gefasst hatte, die Beine noch wacklig, als wären sie aus Luft, sah ich auf einmal Jackson die Straße hoch auf uns zukommen. Obwohl er nur wenige Meter entfernt war, war er lediglich ein Schatten. Seine typische Art zu gehen, die hängenden Schultern und seine schmale Figur ließen jedoch keinen Zweifel daran, dass es nicht etwa irgendein Spaziergänger war. Meine Augen, die sich mittlerweile an die Dunkelheit gewöhnt hatten, fanden seine, und für einen Moment schien ganz London den Atem anzuhalten, nur die Sirenen brüllten immer noch. Ich blinzelte, er nicht, starrte uns einfach an wie das Kaninchen die Schlange. Es hätte mich nicht überrascht, wenn unsere Herzen für diesen kurzen Moment im selben Takt geschlagen hätten. Ich konnte sehen, wie Jackson versuchte, sich einen Reim darauf zu machen, warum wir vor seinem Haus herumstanden. Dann drehte ich mich um und rannte Rocco hinterher.

20
Einbruch

Das Erstaunliche an Großstädten ist, dass sich trotz des ganzen Durcheinanders die vielen Gegensätze miteinander im Gleichgewicht befinden. Selbst im größten Chaos noch. Als wir zu Hause ankamen, merkten wir deshalb sofort, dass jemand da gewesen war. Wir nahmen an, dass der Vermieter den Einbruch in Auftrag gegeben hatte, denn es waren nur wertvolle Sachen gestohlen worden. Offensichtlich vertraute er nicht darauf, dass wir wie verabredet unsere Sachen packen würden. Das Wasser, das von der Decke getropft war und eine perfekte ovale Pfütze gebildet hatte, war von Stiefeln im ganzen Flur verteilt worden. Die schillernden Wasserblasen waren zerstört, und sogar die Wände waren vollgespritzt.

Im Wohnzimmer waren Zeitschriften und Bücher aus den Regalen gerissen worden, das Sofa war umgekippt, eine Wanduhr kaputtgeschlagen, ein paar Tintenfässer lagen in Scherben auf dem Boden. Jemand hatte ein Bild von der Wand genommen und den Rahmen zerbrochen; der Spiegel, vor dem mich Rocco gezwungen hatte, mein Make-up abzuwischen, war ebenfalls kaputt. Die meisten der kleineren, wertvollen Antiquitäten, die Mum und Dad im Wohnzimmer aufgestellt hatten, fehlten. In der

Küche hatte jemand alles vom Tisch heruntergefegt, die Schubladen standen offen. Das Silberbesteck war weg, ebenso einer der beiden Videorekorder.

Mums und Dads Schlafzimmer war von oben bis unten durchwühlt worden, ich fragte mich traurig, was sie dabei wohl alles gefunden hatten. Den Großteil ihrer Kleidungsstücke hatten sie mitgenommen. Sogar das Dachzimmer hatten sie durchsucht, unsere Soldaten waren fast unter der Lawine begraben, die den Boden bedeckte. Die Fenster standen offen, ein eiskalter Wind wehte herein und brachte die vielen Zettel und Schnipsel durcheinander, die bei uns herumlagen. Aus meinem Nachttisch hatten sie das Geld mitgenommen und auch Roccos und mein Portemonnaie mit unseren EC-Karten drin, nur konnten sie damit natürlich nicht viel anfangen. Die Beute unseres Einbruchs hatten wir sicher hinter dem Kühlschrank versteckt.

Ich weiß nicht mehr genau, was mir in dem Moment durch den Kopf ging, als ich das alles sah. Die große Taube, die mittlerweile den Schornstein neben unserem Balkon bewohnte, war hereingeflogen und hatte es sich auf Roccos Bett gemütlich gemacht. Mit ihren kalten Knopfaugen bedeutete sie uns, dass wir abhauen sollten.

Wir standen eine Weile wie angewurzelt in der Tür, die Taube kuschelte sich derweil in die Falten der Bettdecke. Ich fragte mich, welche Farbe Taubenfleisch unter dem äußeren Betongrau wohl hatte. Wahrscheinlich rosa.

Rocco rutschte an der Wand hinunter, bis er fast auf dem Boden hockte. Er lehnte den Kopf an und schloss erschöpft die Augen.

»Tja«, sagte ich, und Rocco lachte unsicher. Ich machte ein paar Schritte durch das Zimmer, setzte die Füße vorsichtig zwischen das Durcheinander aus Kleidung und Büchern. Der Schuhkarton mit den Motten stand offen in einer Ecke, er war halb umgekippt, so dass die pelzigen Körper nicht mehr sorgsam nebeneinandergebettet lagen. Ich kniete mich hin und sortierte sie mit kalten Fingern auf dem Boden des Kartons und im Deckel. Ich fühlte den feinen Staub auf meiner Haut. Dann strich ich meine Bettdecke glatt und stellte die Motten auf ihren Papptabletts darauf, weit weg von der Unordnung auf dem Fußboden. Die Maus saß sicher in ihrem Käfig. Ich nahm sie heraus und steckte sie mir in die Tasche, wo sie gleich ihre kleine Nase herausreckte.

»Haben wir eigentlich Stecknadeln hier?«, fragte ich Rocco. Ich hatte absolut keine Lust, über die letzten Stunden nachzudenken. Ich nahm die Mütze ab und fasste meine langen, kastanienbraunen Strähnen zu einem Pferdeschwanz zusammen.

»Bestimmt«, antwortete Rocco.

Er hatte die Hände in den Haaren vergraben – die dunklen Locken quollen zwischen seinen blassen Fingern hervor – und sah mich mit seinen großen, traurigen Katzenaugen an.

Ich nahm meine beiden Insektentabletts und ging zur Tür. »Hilf mir mal, Stecknadeln zu finden.«

Wir gingen die Treppe hinunter. Im Wohnzimmer legte ich die Motten auf den leeren Couchtisch, stellte das Sofa wieder auf und sah mich nach etwas um, auf das ich sie aufspießen konnte. Ich drehte das Bild mit dem zerbrochenen Rahmen um. Mum und Dad hatten erzählt, dass es auf Holz gemalt war und ursprünglich auf einem Altar gestanden hatte. Es war ziemlich hässlich, ein moderner Maler hatte halbherzig einen hochgotischen Stil angestrebt. Die Jungfrau saß auf einem Thron, ihr ausdrucksloses Gesicht im Dreiviertelprofil, der Blick ging ins Leere, auf dem Schoß hatte sie einen winzig kleinen, runzligen Mann sitzen. Ihr Gesicht war grau und mandelförmig, die Lippen zusammengepresst, die Nase flach. Ich löste das Bild mit einem befriedigenden Krachen vollständig aus dem Rahmen. Nun war nur noch ein scharfkantiges Stück Holz mit gleichmäßiger Maserung übrig. Mum und Dad waren nicht religiös, deshalb verstand ich nicht so recht, wieso wir dieses hässliche Bild überhaupt im Haus hatten. Ich konnte nachvollziehen, warum manche Menschen an Gott glaubten. Die Madonna hatte etwas Beruhigendes, wie Eltern, die vor dem Schultor warten, wenn man noch klein ist.

Rocco kam mit einem Plastikkästchen voller Nadeln herein. Er stellte es zusammen mit zwei Tassen Tee auf den Couchtisch und setzte sich. Er machte den Fernseher an und schaltete durch die Kanäle, ein flackerndes blaues Licht zuckte durch das Zimmer. Ich legte die Rückwand des Bildes und die Tabletts mit den Motten auf den Tisch und kniete mich davor. Ich platzierte die größte in der Mitte der Holzplatte und stach ihr sanft eine Nadel in den pelzigen Bauch und das weiche Holz darunter. Dasselbe machte ich mit den anderen Motten, die noch ganz waren. Sie sahen hübsch aus, festgepinnt und sorgfältig angeordnet.

Früher war es mir im Gegensatz zu Rocco überhaupt nicht wichtig, dass etwas ordentlich war oder Struktur hatte. Aber wenn die Welt plötzlich im Chaos versinkt, sucht man wohl instinktiv nach etwas Verlässlichem. Seitdem wir aus London weg sind, weigert sich Rocco aber plötzlich, seine Erinnerungen zu sortieren, und gibt sich stattdessen größte Mühe, alles zu vergessen. Mums Gesicht zu vergessen, ihren Blick, ihre singende Stimme, Dads Raucherlachen, das nachts durchs Haus hallte, seine trüben Augen. Ich kann sie nicht vergessen, ich muss zuerst Ordnung in die Erinnerungen bringen, damit ich sie irgendwann zur Seite legen kann.

Eines Tages möchte ich in einem Bauernhaus wohnen, wo man sich keine Gedanken um das Gleichgewicht der Welt machen muss, weil alles klar zu erkennen ist und offen vor einem liegt. Ich werde Hunde und Katzen und Hühner und Esel halten und ein kleines Zimmer mit einer niedrigen Holzdecke haben, von dem aus man auf den leeren Horizont hinaussieht. In drei Wochen hatte ich Geburtstag, und das fühlte sich komisch an. Ich war in gewisser Weise davon ausgegangen, dass ich ewig sechzehn sein würde, aber da die Zeit auf einmal wie der Wind verflog, war das offensichtlich nicht der Fall. Dass ich mich auf einmal für verlässliche, kategorisierbare Dinge interessierte, war nur ein weiteres Indiz dafür.

»Wollen wir die Polizei rufen?«, fragte ich.

»Das wäre wohl nicht allzu schlau in unserer Situation. Die Sachen gehören ja dem Vermieter, der kann sie sich also holen, wann und wie er will.«

»Aha.« Ich wünschte, Mum und Dad wären hier.

Ich setzte mich auf das Sofa, zwischen Roccos Beine, lehnte mich bei ihm an und sah den Pinguinen im Fernsehen zu, die auf das schaumige Wasser zuwatschelten und hineinglitten. Wir saßen eine Weile schweigend da und sahen mit abgestelltem Ton fern. Rocco rauchte, ab und zu steckte er mir die Zigarette zwischen die Lippen, damit ich einen Zug nehmen konnte. Ich konnte mich nicht daran erinnern, wann ich das letzte Mal etwas gegessen hatte, trotzdem verspürte ich kaum Hunger.

Plötzlich wurde die Stille von einem lauten Klopfen durchbrochen. Rocco blieb in der Wohnzimmertür stehen, während ich durch den Spion nach draußen spähte, wo mein Exfreund stand und gegen die Tür hämmerte. Er schlug mit voller Kraft dagegen, und mein Herz machte einen solchen Sprung, dass mir schlecht wurde. Er trug einen schwarzen Pullover. Die Muskeln an seinem Hals traten deutlich hervor.

»Jackson«, flüsterte ich Rocco durch die zerbrochene Stille zu.

Jackson schlug wieder gegen die Tür und rief etwas. Der Spion verzerrte seinen Mund ins Riesenhafte. Ich drehte mich wieder zu Rocco und zuckte mit den Schultern.

»Geh weg«, rief ich Jackson zu, aber Rocco flüsterte, dass ich ihn lieber reinlassen sollte. Er legte den Kopf schief, als würde er angestrengt nachdenken, als würde er versuchen, sich an etwas zu erinnern, das lange her war.

»Wir müssen reden«, rief Jackson und hörte auf, gegen die Tür zu hämmern. Ich löste zögerlich die Kette und öffnete ihm. Er würdigte mich keines Blicks, schob sich einfach an mir vorbei ins Haus und baute sich vor Rocco auf.

Rocco konnte ziemlich herablassend sein, wenn jemand wütend wurde. Mich ließ er dann immer einfach meckern und ihn anschreien, ein Grinsen um die Mundwinkel und einen völlig entspannten Ausdruck in den Augen. Jacksons Gesicht wurde rot, vielleicht von der Kälte draußen, vielleicht auch vor Wut. Rocco lehnte im Türrahmen und rauchte.

»Wie geht's deinen Eltern?«, fragte er Jackson und aschte auf den Fußboden. Die heiße Asche fiel zischend in die Wasserpfütze. »Wir wollten ihnen wirklich nichts Böses.«

»Die sind nur ein bisschen fertig mit den Nerven. Und wie geht's euren Eltern?«

Rocco zuckte mit den Schultern. »Das wissen wir nicht so genau, oder, Isabel?« Er sah mich mit gespielt fragender Miene an. Ich fühlte mein Herz dicht unter der Haut pochen und grub mir die Fingernägel in die Arme. Die Maus in meiner Tasche war so gelassen wie Rocco. Meine nackten Füße wurden kalt auf dem klammen Boden, und meine Augen waren so trocken, dass ich nicht blinzeln konnte.

»Hat sich euer Dad endlich von seiner peinlichen Krankheit erholt?«, fragte Jackson gehässig.

Roccos aufgesetztes Grinsen verrutschte für einen Moment.

»Ist schon schlimm, wenn man Aids hat, hm?« Jackson grinste.

Rocco Hand fiel herab, und er ließ sie einfach hängen. Langsam hob er die Augenbrauen, seine Stirn fächerte sich auf. Mein Körper fühlte sich plötzlich leer an, als hätte jemand alle Flüssigkeit herausgelassen. Ich hielt mich am Sideboard fest, um nicht umzukippen, und schloss die Augen.

Bis eben hatten die beiden noch ziemlich leise miteinander geredet, doch jetzt schaukelten sie sich gegenseitig hoch, zogen einander auf wie Springteufel. Man dreht immer weiter an dem kleinen Schlüsselchen, das kindliche Herz schlägt im Takt des Klickens in der Kiste, bis der Teufel dann herausspringt und man erschrickt. Es war eher Jackson, der Rocco provozierte, als andersherum, also war es vielleicht beim letzten Mal auch so gewesen.

»Alle wissen das, haben mir meine Eltern erzählt«, sagte Jackson. Rocco war blass, weil er Jackson so verachtete.

»Das erklärt vielleicht auch, warum ihr so pervers seid«, sagte Jackson.

Ich stützte mich noch immer am Sideboard ab, zog ein Bein an und trocknete meinen Fuß am Hosenbein. Ich wagte kaum zu atmen, die beiden schienen die ganze Luft aufzubrauchen und mitten im Flur ein Vakuum zu erzeugen.

Eine Weile herrschte angespanntes Schweigen. Rocco warf seine Zigarette in die Pfütze und schob sich die Ärmel hoch. Keiner bewegte sich. »Nach dem einen Mal mit dir hatte sie die Schnauze voll von Sex.« Rocco lachte. »Kannst echt stolz auf dich sein, Jackson.«

»Eine, die mit ihrem Bruder ins Bett geht, ist ja wohl kein Verlust.«

»Schwachsinn«, erwiderte Rocco und sah an ihm vorbei.

Jackson folgte seinem Blick und machte große Augen, sein ganzes Gesicht zog sich in die Länge, als er das Gewehr auf dem Sideboard entdeckte. Rocco trat einen Schritt auf ihn zu, nur einen kleinen Schritt, er hatte gar nicht vor, Jackson damit Angst zu machen, aber diese winzige Bewegung reichte schon aus, und Jackson machte einen Satz nach hinten. Schlagartig war es ihm peinlich, dass er sich so leicht aus der Fassung hatte bringen lassen, und ohne Vorwarnung griff er nach dem Gewehr, packte es am Schaft wie einen Stein und schlug mit voller Wucht nach meinem Bruder. Das alles passierte, während ich nur einmal blinzelte. Rocco hob die Hände, um seinen Kopf zu schützen, das Gewicht des Gewehrs landete mit einem Krachen auf seiner Schulter.

Rocco war kurz verblüfft, aber immer noch nicht wirklich böse. Er hatte seine Gefühle ebenso gut unter Kontrolle wie seine Bewegungen. Die beiden Jungs rangen miteinander, beide hatten das silberne Gewehr gepackt. An Roccos Schulter formte sich ein Blutfleck auf dem zerknitterten Hemd. In meinem Kopf lief währenddessen ein Cha-Cha-Cha.

Die beiden beugten sich nach rechts, ihre vier Hände hielten das Gewehr umklammert, offenbar waren sie gleich stark. Rocco versuchte, Jackson wegzuschieben, Jackson versuchte, Rocco noch einmal zu schlagen. Rocco musste einen Schritt zurückgehen, stand jetzt im Türrahmen des Wohnzimmers. Vielleicht schwitzte Jackson vor Anstrengung, jedenfalls löste sich plötzlich sein Klammergriff um das silberne Gewehr, und es fiel polternd auf die Dielen. Die beiden ließen trotzdem nicht voneinander ab, bewegten sich jedoch kaum, hielten einander lediglich fest, so wie beim Armdrücken manchmal die Arme der Gegner völlig stillzustehen scheinen.

Dann kam auf einmal Bewegung in die beiden, es gelang Rocco, Jackson bei dessen knochigen Schultern zu packen und ihn mit einer plötzlichen Kraftanstrengung von sich wegzuschubsen. Ich schlug die Hand vor den Mund. Jackson verlor das Gleichgewicht und fiel rückwärts, stolperte über meine Schuhe, die dort im Weg standen, und rutschte auf dem nassen Holz aus. Einen Moment lang waren seine Füße in der Luft, dann landete er hart auf dem Rücken, sein Kopf knallte in die Pfütze auf dem Boden, und das Haus war plötzlich in absolute Stille getaucht.

21
Jungs

Ich rannte hoch in Mums und Dads Zimmer. Früher war das Haus stabil genug gewesen, um Streit oder das Aufeinanderprallen verschwitzter Körper auszuhalten. Weder erste noch letzte Male machten ihm etwas aus. Aber jetzt schien es zerbrechlich wie trockenes Laub.

Rocco lief mir hinterher, immer zwei Stufen auf einmal. Ich öffnete den Kleiderschrank, trat mit nassen Füßen die paar übriggebliebenen Sachen aus dem Weg, die auf dem Boden lagen, wühlte mich durch Schuhe, öffnete Kartons und warf sie hinter mich, sah alles in grellen Farben, aber da war nichts. Ich drehte mich zu Rocco um, der ganz außer Atem in der Tür stand.

»Es waren Tabletten, Izzie. Medikamente mit langen Namen, Alitretinoin, Kaletra, Tabletten für Sachen, die mit HIV zu tun haben. Tut mir echt leid. Ich hab sie weggeschmissen. Scheiße, ich hätte dir davon erzählen sollen. Tut mir leid.«

»Du Arschloch!«, schrie ich. »Du verdammtes Arschloch! Du hast mir nichts davon erzählt, ich glaub's ja wohl nicht! Ich glaub's echt nicht! Scheiße!« Ich hob einen Stiletto auf und warf ihn nach Rocco, wie früher als Kind. Die Maus hüpfte aus meiner Tasche, um vom Bett aus weiter zuzusehen. Dieses Mal verfehlte der Schuh

Rocco und hämmerte lediglich eine Delle in Mums und Dads gelbe Tapete. Wir starrten einander an, blinzelten zur selben Zeit. Ich ließ mich aufs Bett fallen. Einen düsteren Moment lang überlegte ich, ihn einfach sich selbst zu überlassen, sollte er doch allein aus diesem Chaos herausfinden. Alles war durcheinander, aufgewühlt, auseinandergerissen und wieder zusammengeworfen, schmerzhaft, eine Formel, die falsch zusammengerührt worden war.

Ich rannte die Treppe wieder hinunter zu Jackson, der reglos auf der Schwelle zum Wohnzimmer lag. Sein Kopf war zur Seite gefallen, die Hände noch zu Fäusten geballt.

»Es tut mir leid, Isabel, ich hatte nicht vor, dir so lange nichts davon zu erzählen, das musst du mir glauben.« Rocco stand hinter mir im Flur. »Es war Instinkt, etwas Schlimmes verdrängt man eben lieber. Deshalb sind die beiden auch weggefahren. Dad ist krank, sehr krank. Er hat sich für viel Geld im Ausland behandeln lassen, und jetzt haben sie nichts mehr. Er ist im Moment in einer Spezialklinik.« Rocco verstummte und sah mich an. »Mum und ich dachten, es gibt keinen Grund, dich damit zu belasten.«

Mir fiel Jacksons flacher, unregelmäßiger Atem auf, und mein eigener beruhigte sich. Ich atmete tief ein, meine Schultern hoben und senkten sich, ich schloss die Augen so fest, dass ich vor dem schwarzen Inneren meiner Lider nur noch tanzende Lichtsprenkel sah, die hektisch von links nach rechts huschten.

Roccos Schulter blutete immer noch und war angeschwollen. Ich würde ihn nicht verlassen können, während er mich so ansah. Ich war wütend, hatte aber nicht mehr die Kraft, darüber nachzudenken, und schon gar nicht, darüber zu reden. »Meinst du, wir müssen uns Sorgen um ihn machen?«, fragte ich.

Jackson war noch nicht wieder bei Bewusstsein, unter seinem Hinterkopf rann Blut hervor. Ich hätte am liebsten einen Krankenwagen gerufen, aber Rocco schüttelte mit ernster Miene den Kopf.

»Der kommt schon klar. Wir sollten nicht noch mehr Leute mit reinziehen. Wir lassen ihn einfach hier liegen, bis es ihm wieder bessergeht, entschuldigen uns bei ihm, und dann ist die Sache vielleicht schon gegessen«, sagte er.

Vor dem Fenster brach gerade ein neuer Morgen an, breitete sich in den Straßen aus wie Eigelb. Wir brachten Jackson aus dem nassen Flur ins Wohnzimmer, legten ihn auf das Sofa, und ich schob ihm ein Kissen in den Nacken, das sich sofort mit Blut vollzusaugen begann. Seine Augen waren geschlossen, aber sein Atem ging jetzt tiefer und regelmäßiger. Ich holte ihm eine Bettdecke von oben und setzte mich dann mit einer Rolle Küchentücher vor ihn auf den Boden, hob ab und zu seinen Kopf an und tupfte das dickflüssige Blut ab. Rocco schob die Holzplatte mit den Motten auf dem Couchtisch zur Seite und blätterte auf der Suche nach dem Abschnitt über Gehirnerschütterung konzentriert eins seiner medizinischen Fachbücher durch.

»Lass seinen Kopf lieber in Ruhe«, sagte er, und ich hörte auf, das Blut wegzutupfen, ließ es einfach ins Kissen sickern, so dass es links und rechts in kleinen dunkelroten Straßen herunterlief und Jacksons blonde Haare verklebte. Sein Gesicht sah ernst aus, sein Mund stand offen, und seine Brust hob und senkte sich friedlich. Ich legte ihm die Hand auf die Stirn, aber er fühlte sich weder heiß noch sonderlich kalt an, also nahm ich sie wieder weg.

»Blutet deine Schulter noch?« Ich trat hinter Rocco und half ihm aus dem Hemd, schob den Stoff vorsichtig über die verletzte Haut, die ein großer, unförmiger blauer Fleck und etwas Blut zierte, das schon zu einem dunklen Muster trocknete wie Gips. Rocco bewegte die Schulter, um mir zu demonstrieren, dass es nicht mehr weh tat.

»Ist schon okay«, sagte er. Ich strich ihm liebevoll über die weiche Haut in seinem Nacken, sah zu, wie sich seine Wangen dabei röteten, stand dort im Dämmerlicht und war voller widersprüchlicher Gefühle gegenüber meinem Bruder.

»Wir sollten lieber einen Arzt rufen, Rocco.« Ich nickte zu Jackson auf dem Sofa. »Ich sag einfach, er ist hingefallen.« Ich fuhr über die Ecken der Holzplatte, auf die ich die Motten gespießt hatte, und war plötzlich nervös. Ich zupfte einen Splitter von der Holzplatte und rollte ihn zwischen den Fingern hin und her, stach mir mit dem spitzen Ende leicht in die Fingerspitzen.

»Lass uns doch noch ein paar Stunden warten. Wenn er dann immer noch nicht richtig wach ist, rufen wir einen«, sagte Rocco und griff nach meinem Arm. Ich nickte, und er ließ das Buch zuklappen. Ein Stück blutiges Küchenpapier lag rechts neben meiner Hand.

»Soll ich uns Tee machen?«, fragte Rocco. Ich zuckte mit den Schultern. »Pass du auf Jackson auf, aber beweg ihn auf keinen Fall und ruf mich, falls er aufwacht. Ich bin in der Küche.«

Die Muskeln in meinem Nacken waren vollkommen verspannt. Ich zitterte. Jacksons schwarzes Hemd hatte Schweißflecke und knitterte auf der Brust und unter den Armen. Seine Haare standen in alle Richtungen ab. Der Fernseher lief immer noch ohne Ton im Hintergrund. Die Doku über die Pinguine war zu Ende, mittlerweile kam eine Gartensendung zum Thema »Holzterrassen selbstgebaut«. Ich starrte blicklos in das Flimmern und wartete darauf, dass Rocco mit dem Frühstück kam.

Mit Jackson auf unserem Sofa fror die Zeit ein. Während wir Tee tranken und Rice Krispies direkt aus der Packung aßen, wachte er plötzlich auf, wusste jedoch nicht, wo er war, und als er versuchte zu sprechen, ergaben die Worte überhaupt keinen Sinn.

Ich musste daran denken, wie er früher immer am Samstagmorgen hergekommen war und wir zusammen fernsahen. Wenn er mich dabei berührte, hatte mich das anfangs nervös gemacht, bis ich mich schließlich daran gewöhnte. Irgendwann war es mir auch gelungen, aus seinem Sarkasmus und dem stets etwas gelangweilten Gesichtsausdruck ehrliche Zuneigung herauszulesen.

»Ein Glück«, sagte Rocco, »langsam wird er wieder.« Ich war mir da nicht so sicher. Das Telefon klingelte, aber Rocco verbot mir dranzugehen. Falls das Jacksons Eltern wären, müssten wir erklären, was passiert war, und es wäre bestimmt besser, wenn er sich erst noch ein bisschen erholen würde. Rocco meinte, wir sollten auch zuerst mit Jackson reden, und das sah ich ein. Außerdem wollte ich sowieso nicht, dass sie herkamen. Ich stellte mir vor, wie angewidert sie angesichts der Unordnung sein würden, wie viele Fragen sie stellen würden, ihre Mienen, ihr Tonfall. Also ließ ich das Telefon einfach klingeln, während Jackson etwas vor sich hin murmelte und stöhnte. Ich berührte seinen Kopf. Es kam kein Blut mehr, das war bestimmt ein gutes Zeichen, aber seine Stirn fühlte sich wärmer an als vorher. Wir boten ihm Aspirin an, aber er wollte nicht, und da nahm Rocco das Aspirin einfach selbst für seinen Arm.

In Roccos Buch war ein faszinierendes Ultraschallbild eines Kopfs, auf dem man die schneckenförmigen Gehirnwindungen sehen konnte, Flecken in verschiedenen Weißtönen. Rocco riss das Foto heraus und befestigte es am Kaminsims. Kurven und Spiralen aus Licht und Wärme, alle gefangen in einem Schädel wie eine magische Büchse der Pandora. Gegen Mittag klingelte wieder das Telefon, wir gingen auch diesmal nicht dran. Uns gefiel nicht, wie das Geräusch die Blase kaputtmachte, die uns umgab.

»Kennst du Chatterton?«, fragte Rocco. Ich schüttelte den Kopf. »Das war ein Dichter.« Ich zuckte mit den Schultern. »Der hat sechshundert Seiten Lyrik geschrieben, zwei Tragödien, eine davon unvollendet, und ein Lustspiel. Er hat sich umgebracht, da war er noch nicht mal achtzehn.« Rocco sah traurig aus.

»Sind seine Sachen gut?«, fragte ich, obwohl ich wusste, dass er diesen Chatterton mochte. Jackson regte sich.

»Früher hat man sich darüber gestritten, ob er ein Wunderkind oder einfach nur ein krimineller Fälscher war. Er hat nämlich behauptet, ein paar der Gedichte wären im Mittelalter von einem Mann namens Thomas Rowley geschrieben worden.«

»Und was stimmt nun?«

Rocco zuckte mit den Schultern. »Wär schon schön, das mal rauszufinden. Irgendwann schreibe ich ein Buch über ihn. Er ist fast völlig vergessen.« Ich musterte Roccos ausdrucksloses, müdes Gesicht. Im Fernsehen lief eine Sendung darüber, wie Disneyfilme entstehen, größtenteils langweilige Leute, die herumsaßen und redeten, unterbrochen von kurzen Filmszenen.

»Dreimal in lauer Luft die Jungfer schwebt«, sagte Rocco wie zu sich selbst. Jackson bewegte sich wieder, versuchte vielleicht, sich aufzurichten, schaffte es aber nicht.

»Meinst du, es geht ihm besser?«

Rocco zuckte mit den Schultern. »Ich würde sagen, ja. Er bewegt sich zumindest.«

Jackson verdrehte die Augen, die Pupillen riesige, vom Meerwasser gewaschene Kiesel. Plötzlich krümmte er sich zusammen und schlang die Arme um sich, seine Wangen glühten, dicke Schweißtropfen glänzten auf seiner Haut. Ich konnte die Hitze fast fühlen, die von ihm ausging. Ich hatte Angst. Und auch Rocco sah jetzt nervös aus. Seine sonst so kühle Ernsthaftigkeit war wie weggeblasen, trotzdem tat er, als wäre alles in Ordnung.

»Wir brauchen einen Krankenwagen, Rocco«, sagte ich gepresst.

»Dem geht's gleich wieder besser.«

»Sieh ihn dir doch mal an!« Ich wurde laut, zeigte auf Jacksons verschwitztes Gesicht und das Blut auf dem Kissen. »Ruf endlich einen Krankenwagen!«

Rocco weigerte sich. Seine Hände zitterten ein wenig. Ich schrie ihn an, da beugte er sich vor, schnappte sich eine Schere, die auf dem Boden lag, und schnitt das Telefonkabel durch. Ich wollte ihn noch abhalten, aber seine Bewegung war so plötzlich und schnell, dass der Versuch völlig sinnlos war, das Kabel längst zerschnitten. Ich sah ihn nicht an, als er mir erklärte, dass er es war, der Ärger bekommen würde, mich daran erinnerte, dass er in Gefahr war, nicht ich. Diese Unterscheidung zwischen uns beiden traf mich tief, sie war kalkuliert und präzise. Ich war nicht schuld, ich war nicht diejenige, die keinen Arzt holen wollte. Ich war wieder mal nur Zuschauerin eines Theaterstücks und verstand nicht, was sich da vor mir abspielte. Ich nehme an, dass Rocco Angst hatte, dass er nicht klar dachte. Ich versuchte, ruhig zu atmen. Ich hielt Jacksons feuchte Hand, und er schien nicht mal zu wissen, wer ich war. Ich hatte Angst.

Wenn das hier Roccos Theaterstück war, dann wollte ich nicht mehr mitspielen. Ich konnte mich noch gut an Jacksons Berührungen erinnern. Ich wollte weg, nur raus aus diesem Haus, weg von Roccos traurigen Augen, weg von Jacksons schwerem Atmen und seinen schmerzerfüllten Bewegungen. Ich wollte frische Luft und Zeit, um darüber nachzudenken, was ich jetzt tun sollte. Jackson würde bestimmt etwas zu essen brauchen, sagte ich zu Rocco. Ich wusste genau, dass wir nichts im Haus hatten. Rocco spürte meine Unruhe und bot an, einkaufen zu gehen, aber ich unterbrach ihn und sagte, dass ich lieber selbst gehen würde. Ich hätte nicht gewusst, was ich machen soll, falls Jacksons Zustand sich weiter verschlechterte. Rocco sah mich an, betrachtete mich mit dem ganzen Körper, hatte Angst, dass es vorbei war. Dann nickte er.

22

Draußen

Als ich ging, hatte ich meinen Reisepass und einen Packen Geldscheine dabei und die Maus in meiner Tasche. Draußen war es sogar noch kälter als im Haus. Es war gut, endlich dem Geruch nach Blut im Wohnzimmer zu entkommen. Nachdem Camden vom Schnee kurz verschönert worden war, trocknete es jetzt vor sich hin. Wo vor kurzem noch schneebedeckte Bäume gestanden hatten, waren jetzt nur noch krakelige geometrische Muster zu sehen, und die schmutzigen Schneereste waren mit Zigaretten und kaputten Styroporbechern vermischt. Backsteine in hundert stumpfen Rottönen, grünlich bewachsen, zerbrochene Fensterscheiben, Häuser, die nur noch von Baugerüsten zusammengehalten wurden, eingestürzte Wände. Eine Frau mit krausen Locken in einem grünen Regenmantel hielt mit dem Fahrrad an der Ampel und starrte mich durch ihre Brille an. Vielleicht war sie auch nur kurzsichtig und erkannte gar niemanden in der Menschenmenge, Mädchen und Jungs, die im Trubel des Camdener Markts zum ersten Mal vom Gefühl der Erregung probierten.

Ich kam an einem Spiegelgeschäft vorbei und erschrak vor meinem eigenen Gesicht, das mir zehnfach entgegenstarrte. Ich trug Roccos Mütze und hatte meine langen

Haare daruntergestopft, hatte Dads Kaschmirpullover und eine weite Hose an und sah insgesamt aus wie ein seltsamer Junge. Ohne meine Haare als Umrahmung schienen meine Augen viel zu groß für mein Gesicht, mein breiter Mund zuckte, eine geschlechtslose Puppe.

Der Supermarkt war geschlossen, weil heute Sonntag war, also lief ich zum Fluss, wo Dads Laden und viele kleine Lebensmittelgeschäfte waren. Je näher ich dem Laden kam, desto unbehaglicher fühlte ich mich. Ich versuchte, zertretenen Pommes, Zigarettenstummeln und aufgeweichten Flyern von irgendwelchen Clubs auszuweichen. Schließlich stand ich davor. Die Rollläden waren heruntergelassen, ich musste mich hinhocken, bis meine Knie meine Brüste berührten, um hineinsehen zu können. Drinnen war es dunkel und leer, es gab keine Antiquitäten mehr, der Raum wirkte wie ein trauriger, leerer Fernsehbildschirm. Der Verkaufstresen stand noch da, und an den Wänden waren noch die Haken, an denen die Gewehre gehangen hatten. Die Farbe war dort ein wenig heller als im Rest des Ladens. In einer Ecke standen ein paar Coladosen, vielleicht von den Männern, die den Laden ausgeräumt hatten, und eine Plastiktüte bewegte sich sanft im Luftzug, der durch die Dielenritzen kam. Sie blähte sich auf, bewegte sich auf die Tür zu, dann entwich die Luft wieder, und sie kroch zurück.

An dem Abend auf dem Dach unserer Nachbarn hatte Rocco zu mir gesagt, mit sechzehn würde man in einer Art Niemandsland leben. Jetzt hatte ich das Gefühl, als würde ich aus diesem Niemandsland hinaustreten in eine schreckliche andere Welt. Ich fragte mich, ob Rocco in dieser Welt schon vor Jahren angekommen war oder zumindest so etwas geahnt hatte. Rocco und ich hatten die letzten fünf Jahre in unseren Köpfen verbracht, hatten jede noch so kleine Veränderung und jede einzelne unserer egozentrischen Emotionen registriert, während unser Vater immer mehr verfallen war. Ich musste daran denken, wie sehr er abgemagert war, an die durchsichtige Haut und die Pickel, die gelben Nägel, die müden Augen, die langsamen Bewegungen, die Grippe, den ständigen Husten, und ich konnte nicht verstehen, wie ich alles, was nicht mich und meinen Bruder betraf, so hatte ausblenden können.

Die eigenen Eltern sind für ein Kind das personifizierte Wissen. Sie hätten uns erzählen können, Dunkelheit wäre nur nach außen gestülptes Licht oder das Universum eine riesengroße Eierschale, und wir hätten es ihnen geglaubt. Also erzählte uns Mum, die alles wusste und der wir blind vertrauten, dass Dad Grippe hatte, und wir glaubten ihr.

Ich streckte eine Hand nach dem Sims unter dem Schaufenster aus. Ich hatte das Gefühl, alle würden mich anstarren, sah mich aber nicht um. Rocco und ich haben früher manchmal Bäume gemalt, indem wir die Äste frei ließen und mit einem schwarzen Stift alles dazwischen ausmalten, so dass wir am Ende ein Falschrum-Bild hatten. Beim Anblick des leeren Ladens musste ich an unsere Falschrum-Bilder denken, als wäre der Laden von einem starken Windstoß auf links gekrempelt worden. Meine Augen fühlten sich an, als würden sie schwitzen, und brannten unter den Lidern. Ich blinzelte nicht, starrte stattdessen noch einen Moment lang in den ausgeleerten Laden. Dann nahm ich die Maus aus der Tasche, streichelte sie ein letztes Mal und setzte sie auf den Boden.

»Hier in London gibt's genug Müll für dich«, sagte ich zu ihr, aber sie blieb sitzen. Dann entdeckte sie anscheinend doch etwas Interessantes hinter mir, eilte darauf zu, und ich blieb traurig allein vor dem hocken, was mal Dads Laden gewesen war. Ich hatte eigentlich einen Krankenwagen rufen wollen, aber hier unter all den Menschen kam es mir völlig absurd vor, dass Jackson sterben könnte. Er hatte sich doch nur den Kopf gestoßen. Jeder stieß sich mal den Kopf.

Beim Aufstehen stolperte ich über einen Pflasterstein und fiel fast hin. Ich mischte mich unter die Leute. Die engen Marktgassen waren durch feuchte, überfüllte Gänge miteinander verbunden, in denen Türen zu kleinen Läden abgingen. Ich glitt zwischen den Touristen und den Schmuckständen hindurch, schubste und wurde geschubst. Ich fühlte mich verloren, was seltsam war, denn eigentlich war ich hier zu Hause.

Ich kam an einem Blumenstand vorbei, an einem für Bondage-Zubehör und dann an einem für venezianische Karnevalsmasken. Alles versteckte sich hinter etwas anderem, so viele Marktschichten. Die schick angezogenen Schaufensterpuppen vor den Läden erinnerten mich an die Zinnsoldaten, die zu Hause im Schutz unseres Dachzimmers lagen, voller Potenzial, aber in leblosen, makellosen Körpern gefangen. Jede Puppe hatte ein eigenes Gesicht und eine eigene Persönlichkeit, und trotzdem war es jedes Mal der gleiche tote Körper ohne Arme und ohne Beine. Kalte Luft, die noch nach Schnee schmeckte, kam in weißen Wölkchen aus meinem Mund. Meine Brust hob und senkte sich, der gesamte Markt wirkte fiebrig, blähte sich auf und zog sich wieder zusammen, wechselte ohne Vorwarnung von drückend heiß zu eiskalt. Die Menschen auf dem Markt waren miteinander verbunden, als wäre die ganze Stadt ein einziges lebendiges, atmendes Tier.

Ich hatte plötzlich eine Vision von Dad und bekam sie nicht aus dem Kopf. Er saß irgendwo auf einem Betonklotz, trug ein schmutziges Leinenhemd und eine helle Hose und sah dem Fluss zu, der unter ihm vorbeibrauste. Ich konnte sein Gesicht nicht sehen. Er war umgeben von einer Menschenmenge, aber er war nicht in London. Ich fühlte mich so taub und metallisch, dass es zum Verzweifeln war. Und ich hatte Hunger.

Während ich durch die Straßen ging, mit denen Rocco und ich so viele Erinnerungen verbanden – an der Videothek vorbei, am China-Imbiss, an den Parkbänken, auf denen wir Pommes aus fettigem Papier gegessen und Camden an uns hatten vorbeiströmen lassen –, wurde mir bewusst, dass wir immer das Gefühl gehabt hatten, uns gegen die gesamte Erwachsenenwelt verteidigen zu müssen. Rocco hatte mich nur schützen wollen und mir deshalb nichts von Dads Krankheit erzählt. Wenn ich ihn jetzt verließ, würde ich damit unsere Vergangenheit zu Staub zermahlen. Realität, Glück, Durchführbarkeit und Moral waren mir egal, ich liebte ihn mehr als alles andere. Ich könnte das Geld nehmen und einfach abhauen.

Ich könnte meine Abschlussprüfungen für die Schule nachholen, studieren, mir einen Job und einen Freund suchen. Ich könnte ein normales Leben führen, aber das wäre ein Leben ohne Rocco, und ich konnte den Gedanken nicht ertragen, morgens von jemand anderem als von ihm geweckt zu werden. Es ging nicht ohne ihn, so war es schon immer gewesen, und so würde es auch immer sein.

Ich kaufte zwei große Tüten Lebensmittel ein und machte mich auf den Weg nach Hause.

Vor der Tür nahm ich noch einen tiefen Atemzug, als würde ich gleich ins Wasser tauchen. Rocco saß im Wohnzimmer und sah an die Decke. Von draußen waren gedämpft die Geräusche der Stadt zu hören. Wir sahen einander an und blinzelten gleichzeitig. So erleichtert wie in diesem Moment hatte ich ihn noch nie gesehen. Die Anspannung wich aus seinen breiten Schultern, und ein sanftes, versöhnliches Lächeln huschte über sein ängstliches Gesicht. Ich leerte die Lebensmitteltüten neben Rocco auf dem Couchtisch aus.

»Es geht ihm irgendwie nicht besser. Er ist wieder bewusstlos.« Rocco hob Jacksons schlaffe Hand und ließ sie fallen. Wir hatten fast alle Decken, die wir im Haus finden konnten, auf ihn gestapelt. Rocco stützte den Kopf in die Hände und fuhr sich mit den Fingern durch die Haare. Er hob einen Zinnsoldaten vom Boden und spielte traurig damit.

»Und was machen wir jetzt?«, fauchte ich. Jackson lag still mit offenen Augen da, sein Atem ging unregelmäßig. Ich fing an, mir Zöpfe zu flechten, aber sie lösten sich wie immer gleich wieder auf. Ich reichte Rocco einen Schokoladenriegel, er aß ihn mechanisch. Seine Augen waren vom Schlafmangel geschwollen und ganz dunkel. Ich setzte mich. Ich fühlte mich völlig hoffnungslos und leer. Rocco zündete sich eine Zigarette an und betrachtete mich darüber hinweg. Ich wollte, dass er sich neben mich setzte, mit mir die Wärme seiner Zigarette und seines Körpers teilte. Wenn ich acht gewesen wäre und er zehn, wenn das alles nicht passiert wäre, hätte er sich zu mir auf die kalten Dielen gesetzt, seine Zigarette mit mir geteilt und mich berührt. Doch selbst jetzt, wieder vereint, spürten wir die Wunden noch.

23
Zeit

In dieser Nacht schliefen wir schlecht. Wir kontrollierten abwechselnd, ob Jackson noch atmete. Eigentlich hätte Rocco zur Arbeit gehen müssen, aber stattdessen machte ich uns ein richtiges Frühstück mit Eiern, Tomaten und Bacon. Mum hatte mir das mit elf an einem Tag in den Sommerferien beigebracht, weil wir ständig nach Essen verlangten. Zuerst stellte ich eine Pfanne mit Öl auf den Herd und ließ es richtig heiß werden. Dann holte ich vorsichtig die dünnen, faserigen, rosa Baconstreifen aus der fettigen Verpackung und legte sie obenauf, so dass sie kurz auf dem Öl schwammen, bevor sie untergingen. Ich verquirlte Eier mit Milch, tunkte Toastbrot hinein und briet die Scheiben in einer zweiten Pfanne. Der Geruch nach Eigelb und Fett zog durch das Haus, das Zischen des Öls durchbrach die Stille. Ich briet die Tomatenhalbkugeln, bis sie weich und matschig im Inneren waren, bestrich die Toastscheiben mit Butter und deckte den Tisch. Ich hatte das Gefühl, mich um Rocco kümmern zu müssen.

Wir aßen schweigend. Wir waren hungrig und müde, und nach dem Essen ging es uns tatsächlich etwas besser, obwohl Jackson immer noch reglos im Wohnzimmer lag.

Ich wanderte etwa eine Stunde durch das Haus. Ich öffnete die Hintertür, damit der Geruch nach gebratenem Bacon und Fett abzog, und wünschte mir, Mum und Dad würden nach Hause kommen.

Ich ging hoch in unser Dachzimmer und begann, nach dem gelben Kleid zu suchen, das mir Mum letztes Jahr zum Geburtstag geschenkt hatte. Ich hatte es nie getragen, weil es mit dem rechteckigen Ausschnitt, dem Blümchendruck und der Knopfleiste vorn eher zu Mum passte. Es hatte einen Gürtel, der auf dem Rücken zu einer Schleife gebunden wurde. Nach dem Einbruch hatten wir das Chaos in unserem Zimmer halbherzig beseitigt, so dass es wieder bewohnbar war. Auf dem Boden lag ein blauer Pullover neben einem fleckigen, grauen T-Shirt, das ich mit dreizehn fast ununterbrochen getragen hatte. Außerdem ein Paar Sandalen mit kaputten Schnallen, deren Strohabsätze sich bereits auflösten, Turnschuhe und ein rosa BH. Im Kleiderschrank fand ich einen Teddybären und Roccos alte Schuluniform mit den ausgefransten Bündchen und schmutzigen Nähten.

Ich kramte immer mehr Sachen heraus und warf sie auf den Boden. Ein paar alte Bücher von Rocco mit geknickten Rücken lagen herum, ich beförderte sie mit einem Tritt auf den Haufen hinter mich. Unter dem Tisch entdeckte ich *Alice im Wunderland,* alte Schulbücher und lose Blätter, leere Wasserflaschen und Bücher zur Prüfungsvorbereitung, aber nicht das gelbe Kleid.

Ich zerrte wütend an Roccos Bett, schubste dabei die Taube auf den Boden, die mich von dort unten vorwurfsvoll ansah, sich dann in eine Ecke des Zimmers zurückzog und mich von dort aus beobachtete. Und da war endlich das gelbe Kleid, hinter dem Bett, wo ich es letztes Jahr versteckt hatte, damit ich es nicht anziehen musste. Es war ein hübsches Kleid aus weichem Stoff, der mich daran erinnerte, wie ich mich an Mums Bein festklammerte, als ich nicht in die Vorschule wollte. Ich zog mich aus, bekam den Reißverschluss der Hose kaum auf und zerrte ungeduldig meine Haare aus dem Pullover. Ich wischte mir über die Augen, meine Hände rochen nach Bacon. Dann stand ich einen Moment lang nackt und frierend da. Ich zog mir das Kleid über, und noch bevor ich es richtig anhatte, kamen mir die Tränen, mein Körper war klebrig und schmerzte, meine Augen brannten.

Als ich runterkam, schlief Rocco. Jacksons Gesicht war mittlerweile nicht mehr hochrot, sondern so weiß wie Dads Porzellaneier, von denen eins vom Kaminsims gefallen war. Ich kniete mich neben das Sofa und sah seinem flachen Atem zu, nur eine winzige Menge Luft strömte zwischen den ausgetrockneten und rissigen bläulichen Lippen hervor. Der seidige gelbe Stoff des Kleids warf Falten in meinem Schoß. Jacksons Hand war kalt und feucht, seine Finger schlaff, als er vor mir starb. Sein Puls wurde unregelmäßig, dann stockte er ganz, seine Lippen zitterten kurz, und dann war nichts mehr.

Ich konnte nicht einmal weinen, so schockiert war ich vom Anblick des toten Menschen, der da vor mir unter Decken vergraben auf unserem Sofa lag. Er sah überhaupt nicht aus wie Jackson, eher wie eine Wachsfigur aus dem Museum, wie etwas, das wir gestohlen hatten.

Ich drehte mich zu Rocco um, der aufgewacht war und jetzt sah, was ich sah. Ich ließ Jacksons Hand los und legte sie sacht auf den Deckenstapel. Rocco und ich schwiegen. Dann holte Rocco so tief Luft, als hätte er sie die letzten zehn Minuten lang angehalten, während Jackson starb.

Im Fernseher flackerten immer noch Bilder über den Schirm und tauchten Mums und Dads Besitz in bläuliches Licht. Wir saßen im selben Zimmer, in dem Rocco und ich früher immer schweigend dabeisaßen und Tee tranken, während unsere Eltern Gäste bewirteten. Nur dass anstelle unserer Eltern jetzt eine Leiche auf dem Sofa lag.

»Wir müssen weg hier«, sagte Rocco laut, die müden Augen plötzlich vor Angst ganz hell. »Scheiße, ich hab … ich hab gelesen, und dann seh ich hoch, und seine Augen sind so …« Er verstummte und sah zu Jackson. »Ich hab echt …« Aber er konnte es nicht sagen. »Wir müssen schnell weg hier, Isabel.« Rocco musterte mich, um abzuschätzen, was ich jetzt tun würde. Ich war ungewöhnlich gelassen. Rocco stand auf und zog Jackson die Decke über den Kopf, seine Hände zitterten, winzige, fliegende Bewegungen. Sein ganzer Körper hatte sich innerhalb weniger Momente von fest in flüssig verwandelt, schien zu schmelzen, so dass er nicht mehr stehen konnte und sich auf den Couchtisch setzen musste, den Blick wie festgeklebt an dem Deckenberg. Er setzte mehrmals an: »Ich hab echt …«, und verstummte dann wieder. Er zündete sich eine Zigarette an, aber seine Hände zitterten zu sehr, und er drückte sie gleich wieder auf dem Fußboden aus. »Wir müssen weg hier«, wiederholte er, »wir müssen sofort weg.« Doch ich blieb einfach neben dem Sofa stehen.

»Er ist hingefallen«, sagte ich schwach, meine Arme hingen schlaff hinunter. Rocco murmelte etwas Unverständliches, die Hände im Schoß, seine Finger spielten miteinander. Ich habe nicht einen Moment daran gedacht, dass wir uns stellen könnten.

»Ich wollte doch nicht …«, setzte Rocco an und verstummte dann wieder, als würden seine Worte vom Durcheinander des Hauses einfach aufgesogen. »Ach«, seufzte er. In der Ecke stand eine Tasche mit Geld und ein paar Kleidungsstücken darin, die wir aus Jacksons Haus hatten mitgehen lassen. Ich legte mit zitternden Händen das Anatomiemodell des Auges, die vier Zinnsoldaten und unsere Reisepässe dazu.

Etwa eine Stunde lang war das Geräusch unseres Atems der einzige Hinweis darauf, dass Jackson tot war und wir beide noch am Leben. Ich dachte an gar nichts. Irgendwann stand ich auf und ging in die Küche. Ich wusch eine Tasse aus und füllte sie mit kaltem Leitungswasser. Ich trank gegen die Spüle gelehnt und sah den Vorhängen zu, die sich vor dem offenen Fenster bauschten. Dann wusch ich zwei Gläser ab, füllte sie mit Wasser und trug sie ins Wohnzimmer. Eins drückte ich meinem Bruder in die Hand, das andere stellte ich neben Jackson auf den Boden.

Ich sah auf die Uhr. Es war kurz vor fünf, also war er

etwa um halb vier gestorben. Das Blut auf dem Kissen unter seinem Kopf trocknete schon und verfärbte den Stoff, hing ihm in den Haaren, als ob er am Sofa festklebte und zu einem Bestandteil der Einrichtung geworden war. Die Hormone in seinem Gehirn hörten wohl langsam auf, wie verrückt Glück und Schmerz weiterzuleiten, seine Nerven lockerten den Griff, mit dem sie einander achtzehn Jahre lang umklammert hatten. Ich stellte mir vor, wie seine hellen Muskeln, die wie Geschenkpapier um die Knochen seiner Zehen und Finger gewickelt gewesen waren, sich langsam lösten und öffneten, sanft, still, wie Blütenköpfe am frühen Morgen. Er hatte keinen Puls mehr, also blieb das lila Blut wohl einfach in den Tunneln seiner Arterien und Venen stehen, und die Nährstoffe von dem, was er heute gegessen hatte, lagen ungenutzt in den Winkeln seines Magens herum. Sicher befand sich auch noch Alkohol von einem feuchtfröhlichen Freitagabend und irgendwelche Drogen in seinem Körper. Ich habe mal gehört, dass Fingernägel nach dem Tod noch tagelang weiterwachsen, also wird alles Lebendige in ihm unterwegs gewesen sein, um diese letzte Aufgabe noch zu Ende zu bringen, bevor die Maschinen und die Lichter in der Fabrik abgeschaltet werden.

Ich ging nach oben, duschte und wusch mir die Haare. Das Wasser war zu heiß und verbrannte mir die Haut. Das Duschgel roch nach Zitrone und umschloss meine Haut sirupschwer. Mich überlief ein Schauer, ging durch jedes einzelne Puzzleteil meiner Wirbelsäule. Ich musste an die Datenautobahn in Jacksons Körper denken, die jetzt nichts mehr transportierte. Ich trocknete mich mit einem Minnie-Maus-Handtuch ab, das auf dem Boden in einer Ecke des gekachelten Raums lag. Dann schnitt ich mir vorsichtig die Haare auf Schulterlänge ab. Lange, nasse, kastanienbraune Strähnen fielen ins Waschbecken. Ich versuchte, nicht darüber nachzudenken, dass ich Jackson hatte sterben lassen und mir jetzt einfach die Haare schnitt, ich dachte nur über die langen, feuchten Haare nach, die langsam das weiße Waschbecken füllten.

Ich sah an meinem Körper hinunter, der ganz rot vom heißen Wasser war, betastete die Rundung meines Bauchs, meinen Bauchnabel, die kränklichen Schatten unter meinen Brüsten, meine knochigen Schultern, die verspannten Muskeln meines Nackens. Ich stand vor dem runden, beschlagenen Spiegel, schloss die Augen und lauschte dem Wasser, das hinter mir auf den Plastikboden der Dusche prasselte. Ich stellte die Dusche ab, zog mich wieder an und wickelte mir das Handtuch um den Kopf.

Als ich aus dem Bad kam, zuckte ich beim Anblick von Rocco zusammen. Er trug Jackson, der in Decken gewickelt war, die Treppe herauf und weinte dabei.

»Was machst du denn da?«, fauchte ich ihn an.

»Keine Ahnung.«

»Dann leg ihn gefälligst wieder hin!«

»Hier?« Man sah ihm an, wie schwer Jackson war.

»Wieso hast du ihn denn nicht auf dem Sofa gelassen?« Meine Stimme klang seltsam und ganz anders als sonst. Mir rutschte das Handtuch vom Kopf.

»Keine Ahnung. Scheiße. Wir können ihn doch nicht einfach da liegen lassen.«

»Wo *können* wir ihn denn dann lassen, deiner Meinung nach?« Ich war verzweifelt. Ich riss mir das Handtuch vom Kopf und ließ es auf den Boden neben meine Füße fallen. Ich öffnete die Tür zu Mums und Dads Schlafzimmer und stand dort einen Moment lang. Beim Anblick des durchwühlten, chaotischen Zimmers wurde mir jedoch so schlecht, dass ich die Tür gleich wieder schloss.

»Ist doch egal, wo er liegt«, sagte ich. »Er ist tot. Er wäre genauso tot im Dachzimmer, tot im Flur, tot im unteren Stockwerk.«

»Also ins Dachzimmer?«, fragte Rocco.

»Na gut.« Ich ging voran und öffnete Rocco die Tür, und er setzte die Füße vorsichtig wie ein Tänzer zwischen die Soldaten und die Klamotten auf dem Fußboden. Die Taube saß auf dem Fensterbrett und betrachtete uns mit ihren Knopfaugen. Dann putzte sie sich weiter die grauen Federn, während Rocco die Leiche auf das Bett legte, fest eingewickelt in einen Sarg aus Decken. Die Taube flatterte vom Fensterbrett auf, als wollte sie losfliegen, landete aber nur schwerfällig auf dem Fußboden. Ich wedelte mit den Händen und scheuchte sie zum Fenster raus, wo sie hoch zu ihrem Heim im Schornstein flog.

»Ich glaube, wir sollten abhauen. Lass uns einfach den nächsten Zug nehmen«, sagte ich.

24
Das letzte Kapitel

Hier, wo wir jetzt leben, weit weg von London, beobachten uns keine dicken, gemeinen Tauben mehr. Es gibt keinen Jackson, keine nervösen Eltern, niemand hämmert gegen unsere Tür. In dieser neuen Stadt muss es endlich einmal regnen, Feuchtigkeit liegt schwer in der Luft, der Himmel ist ganz vollgesogen und matschig. Das Fenster in unserem Zimmer ist offen, und aus dem Gully in der Straße unter uns spritzt das Wasser hoch und macht mir unglaublichen Durst. Über dem hohen Häuserblock gegenüber ist ein Stück Himmel zu sehen, das von Fernsehantennen zerschnitten wird, es wirkt wie eine Wunde. Die Wolken hängen tief über den Dächern. Es sieht fast aus, als würde eine Plastiktüte voller Wasser über den Häusern schweben, die sich immer tiefer senkt, kurz davor, zu platzen und sich über uns zu ergießen. Alle fühlen sich klebrig und warten auf den Regen. Gegenüber isst eine Frau in einer spartanisch eingerichteten Küche Spaghetti. Über ihr sieht eine alte Dame fern.

Rocco sitzt hinter mir auf dem Bett und liest. Er spiegelt sich unscharf in der Fensterscheibe, deshalb bekomme ich mit, wenn er ab und zu hoch sieht. Dann starrt er mir nachdenklich auf den Nacken, den meine hochgesteckten Haare entblößen. Unten am Ende der Straße sitzen sonnengebräunte Mädchen auf einer Bank und unterhalten sich, Jungs parken ihre Mopeds. Ihr nettes, undeutliches Schwatzen, das sich mit Popmusik mischt, steigt hitzegefiltert zu uns herauf. Es muss endlich regnen, damit man überhaupt wieder atmen kann.

Als der Abend sein dunkles Netz über Paris ausbreitet, steht Rocco auf und legt mir sanft die Hand in den Nacken. Ich kratze mit dem Nagel meines Mittelfingers den Lack von einer Ecke des Schreibtischs, mir ist heiß, und ich fühle mich rastlos wie früher als Kind, polke die glänzenden Schichten ab, die in Flocken zu Boden fallen. Das Kind, das ich früher einmal war, lebt immer noch in mir. Es ist ein starkes, eigensinniges, verwöhntes Kind, das nicht ins Bett geht, wenn man es ihm sagt, und immer das letzte Wort hat. Manchmal benimmt es sich tagelang gut, dann hat es plötzlich völlig überraschend einen Wutanfall, der manchmal das ganze Zimmer ausfüllt, und der Geruch nach Adrenalin und süßem Kinderschweiß füllt den Raum. Rocco hat alles Kindliche verloren, er ist ernst, seine Mundwinkel ein bisschen fester, so wie Dads. Seine Augen sind jedoch immer noch groß und feucht wie früher, als er Mum mit seinem nachdenklichen Vorsichhinstarren nervös gemacht hat.

Jetzt streichelt er mir den Nacken, die Berührung löst ein Gähnen bei mir aus, dem ich hilflos nachgeben muss. Ich lege den Kopf zur Seite, meine Wange berührt seine Hand. Unsere Finger spiegeln sich in der Fensterscheibe, und wir sehen beide ziemlich mitgenommen aus. Ich sehe, dass Rocco mich betrachtet, fühle seine große Hand auf meinem Schlüsselbein und erlaube ihr, dort liegen zu bleiben, seine Finger zwischen den Hügeln meiner Brüste.

Ich hatte damit gerechnet, dass wir uns heute Abend streiten, wegen irgendetwas oder auch wegen gar nichts, einfach nur, weil es so heiß ist und wir so müde sind. Während ich gähne, grinst er jedoch mein Spiegelbild an, und plötzlich ist die Wasserblase über der Stadt geplatzt. Erst sind es nur vereinzelte Tropfen, dann wird ein richtiger Regenguss daraus, der alles sauber und dampfend hinterlässt.

Bitte beachten Sie
auch die folgenden Seiten

Anna Stothard

Pink Hotel

Roman. Aus dem Englischen von Hans M. Herzog und Astrid Arz

Sie ist siebzehn und gerade von der Schule geflogen, als zu Hause in London das Telefon klingelt: Ihre Mutter Lily ist tot. Lily, von der sie seit ihrer Kindheit nichts mehr gehört hat. Zwanzig Stunden und eine geklaute Kreditkarte später steht sie im Schlafzimmer ihrer Mutter, im obersten Stock des Pink Hotels in Venice Beach, Kalifornien. Unten verebben die Ausläufer einer exzessiven Party: Lilys Totenwache. Sie beschließt, ein paar Sachen mitgehen zu lassen, nichts Wertvolles, nur ein paar Kleider, Schuhe, ein Päckchen Zigaretten. Sie wirft alles in einen alten roten Koffer, den sie unter dem Bett gefunden hat, und schleicht sich unerkannt aus dem Hotelzimmer. Doch was sie im Koffer noch entdeckt, ist mehr, als sie zu hoffen wagte: eine Spur in das turbulente Leben ihrer Mutter und zu den Männern, die sie geliebt haben. Aus den geplanten drei Tagen L.A. werden Wochen und Monate – und aus einer Reise in die Vergangenheit der Beginn eines neuen Lebens und einer großen Liebe.

»Das ist richtig gut gemacht. Nicht nur das Ende, der ganze Roman.« *Christine Westermann* / WDR, *Köln*

»In einem Rutsch gelesen: Liebeskrimi mit Suchtfaktor. Anna Stothard ist ein herzzerreißendes Stück gelungen.« *Claudia Kirsch* / *Brigitte, Hamburg*

»Unglaublich gut. Anna Stothard schreibt vollendet und fesselnd.« *Kate Saunders* / *The Times, London*

Anna Stothard

Die Kunst, Schluss zu machen

Roman. Aus dem Englischen von Hans M. Herzog

Das Ende einer Beziehung – für die meisten Menschen ein trauriger Moment. Nicht so für die junge Londonerin Eva Elliot. Jede Trennung war für sie eine Befreiung und eine Rückkehr zu sich selbst. Auch mit Luke, der so ganz anders ist als sie, der ihr ein Fremder bleibt und doch so viel Platz in ihrem Leben einnimmt, scheint das Ende bereits absehbar. Da taucht wie aus dem Nichts Grace auf, und mit ihr scheint sich die Atmosphäre einer ganzen Stadt zu verändern, in der auf einmal merkwürdige Dinge geschehen. Wider Willen fasziniert von Grace, muss Eva entdecken, dass sie für Luke keineswegs eine Unbekannte ist. Doch einfach zu gehen ist plötzlich gar nicht mehr so einfach …

»Amüsant und ohne falsches Pathos beschreibt Anna Stothard Liebes- und Innenleben heutiger Erwachsener – und ihre Schwierigkeiten mit der Liebe.«
Olivier Berger / Schweiz am Sonntag, Chur

»Ein überragender Erfolg für Anna Stothard.«
London Evening Standard

Gabriel Roth

Gleichung mit einer Unbekannten

Roman. Aus dem Amerikanischen
von Anna-Nina Kroll

Simpel. Simpel und logisch ist sie, die Welt. Zumindest jene, die aus einer endlosen Folge von Einsen und Nullen besteht. Dumm nur, dass es in dieser Welt keine Frauen gibt und Frauen überhaupt weder in diesem noch in irgendeinem anderen Code fassbar sind. Jedenfalls nicht, wenn es um Liebe geht, und um die geht es. Willkommen in der Welt von Eric Muller: clever, jung, reich – und, nun ja, ein Nerd. Als solcher mit sozialen Katastrophen aller Art vertraut, hat er sich ein Set von Strategien zurechtgelegt, mit dem er Frauen mit akzeptabler Wahrscheinlichkeit ins Bett kriegt. Doch als er Maya trifft, die schöne und wortgewandte Journalistin, führt das zum Systemabsturz, und Eric betritt die analoge Welt der Liebe, in der nichts mehr logisch ist.

»Gabriel Roths bemerkenswert lustiges, empfindsames Debüt ist viel mehr als die Erfolgsstory eines jungen Programmierers. Er schreibt dezent selbstironisch und ausgesprochen entwaffnend, was das Buch außergewöhnlich spannend macht.«
The New York Times

»Eine vielversprechende neue Stimme.«
Publishers Weekly, New York

»Wunderbar.« *Cosmopolitan, München*

Yael Hedaya im Diogenes Verlag

Zusammenstöße
Eine Liebesgeschichte

Roman. Aus dem Hebräischen
von Ruth Melcer

Eine Frau, ein Mann, ein Problem: Jonathan, alleinerziehender Vater einer zehnjährigen Tochter, und Schira, beide Schriftsteller, beide Singles. Sie verlieben sich, scheinen irgendwie füreinander geschaffen, doch eine neue Beziehung anzufangen ist genauso schwierig, wie ein Buch fertig zu schreiben. *Zusammenstöße* ist eine Liebesgeschichte aus dem Tel Aviv der späten neunziger Jahre und zugleich eine feingewobene Studie über das Heranwachsen, Altern, Sterben, Abschiednehmen und den Neubeginn.

»Yael Hedaya gehört zur jungen Generation israelischer Schriftstellerinnen, die bei uns als Spezialistinnen für die Erforschung des Privaten gelten.«
Gunhild Kübler / Die Weltwoche, Zürich

»Dieses Buch ist spannend, komisch und manchmal auch traurig, wie die Liebe und das Leben eben sind.«
Kerstin Strecker / Berliner Morgenpost

»Feinfühlig, ohne Pathos, knapp und klar erzählt.«
Karin Neumeier / Woman, Wien

Die Sache mit dem Glück

Erzählung. Deutsch von Ruth Melcer

Matti, Ehemann und Vater zweier kleiner Söhne, ist sein Leben lang nicht über die unglückliche Liebe zu einer Fünfzehnjährigen hinweggekommen. Seine Frau weiß, dass sie für ihn immer nur ›zweite Wahl‹ war, und doch hofft sie, dass die Gegenwart eines Tages mehr wiegen wird als die Vergangenheit, doch vergebens. Sie beginnt die Phantasiegeliebte ihres Mannes zu hassen – bis sie ihr eines Tages gegenübersteht.

»Wie Yael Hedaya ›Die Sache mit dem Glück‹ aus der Perspektive beider Frauen beschreibt und ihre Gedanken zu einer gemeinsamen Abschiedsklage verschränkt, das ist große Kunst.«
Angela Wittmann / Brigitte, Hamburg

»Yael Hedaya gehört zusammen mit Autorinnen wie etwa Zeruya Shalev und Judith Katzir zur jungen Generation israelischer Schriftstellerinnen, die bei uns als Spezialistinnen für die Erforschung des Privaten gelten.« *Gunhild Kübler / Die Weltwoche, Zürich*

Eden

Roman. Deutsch von
Ruth Achlama

Eine Mitfahrgelegenheit in ein anderes Leben sucht Langzeit-Single Alona, als sie den geschiedenen Mark trifft, der gerade eine Trattoria eröffnet hat und phantastisch kocht. Doch die Idylle mit Häuschen und Garten und zwei kleinen Kindern auf dem Lande hat ihre Schönheitsfehler, genauso wie die der anderen Paare in Eden, dem ehemaligen Dorf, das nun eine Siedlung für wohlhabende Tel Aviver geworden ist, die Sehnsucht nach Landluft haben und dem dramatischen Alltag in Israel zu entfliehen versuchen. Sie bemühen sich, ihr kleines Paradies zu verwirklichen, wollen ein neues Eden finden. Doch kann es »ein richtiges Leben im falschen« geben?

»Nur weil man im Paradies lebt, muss man noch lange nicht glücklich sein: Yael Hedaya lässt ihre Figuren in einer Luxussiedlung an ihren Sehnsüchten verzweifeln. Dabei hat sie ihren Figuren so feine Psycho-

gramme auf den Leib gestrickt, dass sie jederzeit aus den Seiten steigen könnten.«
Angela Wittmann / Brigitte, Hamburg

»Yael Hedaya ist eine Entdeckung.«
Simone Buchholz / Marie-Claire, München

Liebe pur

Erzählung. Deutsch
von Ruth Melcer

Nach einer ersten Verabredung bringt der Mann die Frau nach Hause. Dabei läuft den beiden ein herrenloser junger Hund über den Weg. Aber wer von beiden könnte gerade jetzt einen Hund gebrauchen? Der Mann darf »nur auf einen Kaffee« mit zu der Frau, und der Welpe soll wenigstens etwas zu fressen bekommen, bevor beide wieder gehen sollten. Doch der Mann übernachtet bei der Frau, und auch der Hund darf bleiben – und wird zum Seismographen der Beziehung.

»Dieser Coup ist Yael Hedaya wunderbar gelungen. Präzise und eindringlich beschreibt sie den Versuch zweier Singles, das Alleinsein zu überwinden.«
Die Welt, Berlin

»Die lakonisch-witzige Erzählung *Liebe pur* wurde von der Kritik gelobt, von den Leserinnen geliebt.«
Ditta Rudle / Buchkultur, Wien

Alles bestens

Roman. Deutsch von
Ruth Melcer

Jeden Abend nach der Arbeit ruft Nathan Maja an, dann fährt sie zu ihm, sie schlafen miteinander und verabschieden sich früh am nächsten Morgen. Jeden Abend unter der Woche.

An den Wochenenden hat Nathan keine Zeit. Die verbringt Maja für sich oder mit ihrer besten Freundin Nogga, die eben mit ihrem Verlobten Amir zusammengezogen ist. Oder mit ihren Eltern, die sich gerade scheiden lassen. Majas Mutter ist siebenundsechzig und will nach über drei Jahrzehnten Ehe endlich mal allein sein.
Maja ist dreißig und will genau das Gegenteil. An einem Sabbat-Abend steht sie unangekündigt vor Nathans Tür.

»Yael Hedaya ist eine brillante, souveräne Schriftstellerin.« *Abraham B. Yehoshua*

Anthony McCarten im Diogenes Verlag

Superhero

Roman

Aus dem Englischen von Manfred Allié und Gabriele Kempf-Allié

Eigentlich ist Donald ein ganz normaler einsamer, unglücklicher Teenager. Vor allem quält ihn die Frage: »Wie geht Liebe?« Aber er hat wenig Zeit – er ist krank. Was ihm bleibt, ist ein Leben im schnellen Vorlauf. Das schafft aber nur ein Superheld. Darum hat Donald einen erfunden – MiracleMan. Aber kann MiracleMan ihm helfen, oder braucht Donald ganz andere Helden?

»Donald ist eine der ungewöhnlichsten und liebenswürdigsten literarischen Gestalten, die ich seit langer Zeit kennengelernt habe. McCarten kann tiefen Ernst und Komik auf einzigartige Weise miteinander vernetzen.«
Annemarie Stoltenberg / Hamburger Abendblatt

»*Superhero* ist ein toller Roman, der sich traut, noch einmal Herz auf Schmerz zu reimen. Der in die Vollen geht und auf Risiko spielt.« *Spiegel Online, Hamburg*

»Es gibt sie noch, die Schicksalsfragen. Anthony McCartens Roman *Superhero* ist ein radikales Buch über den Hunger nach Liebe und das Sterben im Pop-Zeitalter. Nach Lektüre dieses Buches traut man sich zu, das Leben, die Liebe neu zu definieren, wie der jugendliche Überheld es vormacht.«
Evelyn Finger / Die Zeit, Hamburg

»Nehmen Sie sich Urlaub oder kündigen Sie Ihren Job – auf jeden Fall: Nehmen Sie sich sofort Zeit, diesen Roman zu lesen.« *Rheinische Post, Düsseldorf*

Auch als Diogenes Hörbuch erschienen, gelesen von Rufus Beck

Englischer Harem

Roman

Deutsch von Manfred Allié
und Gabriele Kempf-Allié

Ihr Hang zu Tagträumen hat die junge Tracy Pringle um ihren Job gebracht. Doch wie im Traum wenden sich die Dinge zum Guten: ein neuer Job, eine neue Liebe, eine neue, fremde Welt – verkörpert von Saaman Sahar, genannt Sam, Sohn einer Metzgerdynastie aus Teheran, vornehmer Besitzer eines vegetarischen Restaurants, Oxford-Absolvent, Muslim und Mitglied eines anglikanischen Kirchenchors. Ach ja – und er hat bereits zwei Frauen.
Tracys und Sams eigentlich unmögliche Liebe ist eine Provokation: für sie selber, für die jeweiligen Eltern… und für Tracys eifersüchtigen rassistischen Ex-Freund!
Die Gegensätze prallen vehement aufeinander: Ost und West, Reich und Arm, Gemüse und Fleisch, Poly- und Monogamie, Alt und Jung, tolerante Menschlichkeit und blinde Gewalt…
»Sind wir noch Herren im eigenen Land?«, jammern Tracys Eltern, während Tracy und Sam schon längst die Frage stellen, was das bedeutet: Heimat, Treue, Religion, eine Familie – und Glück.

»*Englischer Harem* pendelt zwischen empörter Satire und mitreißender Gesellschaftskomödie und begehrt gegen unsere bigotte und intolerante Gesellschaft auf.«
The Sunday Times, London